B杜極短篇故事集（201～300）

A WORD TO THE WISE (TALES 201~300 IN TRADITIONAL CHINESE CHARACTERS)

B杜

British Library Cataloguing-in-Publication Data. A CIP catalogue record for this book is available from the British Library.

ISBN 978-1-913080-73-0 (ebook)
ISBN 978-1-913080-72-3 (print)

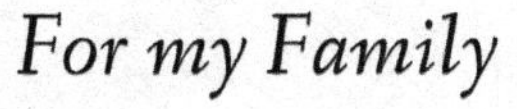

For my Family

（201）

聽說有人從海的另一邊過來，村裏人圍著他問東問西。

"海的另一邊富到流油，住的像皇宮，地上全用鑽石鋪成。還有，那裏的人每天吃五餐，餐餐都是龍蝦、鮑魚、鵝肝、松茸……等，水果都是咬一口就扔。"那人答。

"治安好不好？"有人問起。

"大家都有錢得要命，即使看到地上有黃金也懶得撿，你說治安能不好嗎？"

這個人及其背後的故事是如此精彩，家家戶戶搶著接待，好酒好菜侍候著，但天下無不散的宴席，當告別的時候到來，孑然一身的阿慶鼓起勇氣問：" 我能不能跟你一起到海的另一邊見識見識？"

那人聽完很為難，但拗不過村裏人的起鬨，只好答應。

幾年後，聽說阿慶從海的另一邊回來，村裏人圍著他問東問西。

" 海的另一邊富到流油，住的像皇宮，地上全用鑽石鋪成。還有，那裏的人每天吃五餐，餐餐都是龍蝦、鮑魚、鵝肝、松茸……等，水果都是咬一口就扔。"阿慶答。

" 治安好不好？"有人問起。

" 大家都有錢得要命，即使看到地上有黃金也懶得撿，你說治安能不好嗎？"

阿慶及其背後的故事是如此精彩，家家戶戶搶著接待，好酒好菜侍候著，但天下無不散的宴席，當告別的時候到來，阿慶鼓起勇氣問：" 我能不能待在村裏別回去了？"

（202）

由於世界未臻完美，帕朗決定不生育，以免禍害子孫。

剛開始只是他個人抒發己見而已，沒想到帖子一出，群起響應，原來有同樣想法的人還真不少，轉發量過千萬。

阿佛國政府一看不行，馬上逮捕帕朗和作亂份子，可是此舉非但沒能提高生育率，反而惹怒年輕人，他們紛紛實踐"不生育"來做無聲抗議。

半個世紀過去後，世界仍未臻完美，而更加不完美的是阿佛國人單勢孤，引起周邊國家的覬覦，戰火四起……

"作孽呀！"已是古稀之年的帕朗猛搖頭，"小伙子，我的視力不好，怎麼開槍？"

"不用開槍，反正裏面没子彈，讓你們拿槍是為了能死得有尊嚴些。"那個年過半百的"小伙子"答。

（203）

Mei在美國大學讀社會學專業，課堂上，教授提到S國無言論自由。

“我不同意，S國絕對有言論自由，因為我正是來自那個國家。” Mei說。

一番唇槍舌戰下，教授承認自己有盲點，很高興能與S國的人民做交流。

全程觀戰的Ben被Mei的勇氣與辯才所折服，下課後，他邀Mei一起喝咖啡。

Mei也不扭捏，立刻接受邀約。

在咖啡廳裏，他倆有一段快樂的時光，直至Ben提到S國那殺人不眨眼的已逝總理。

"噓！別說了，"Mei臉色大變，"小心隔牆有耳。"

"噓！別說了，"Mei臉色大變，"小心隔牆有耳。"

（204）

明知道馬姐和王姐不和，小蕭還是到馬姐那兒咬耳朵：「嘿！聽說王姐的女兒要到美國留學了。」

馬姐冷哼一聲，答：「也不知道上的是哪所野雞大學。」

結果小蕭一轉身，把話傳到王姐耳朵裏。

「切，她女兒復讀兩年才上了一所三流大學，還好意思說我女兒？」王姐立刻反駁。

你若問小蕭為什麼要挑撥離間？其實也沒什麼，閒來無事，她就想噁心人。

（205）

母鹿在大草原上生產，它的眼睛餘光看見了危險，一產下小鹿便全速跑開。没辦法，大自然的殘酷讓它不得不先保全自己。

剛下地的小鹿好不容易才站直了身子，邁著還不穩健的步伐向母獅走去，嘴裏喊著：“媽媽，媽媽……”

不久前才歷經喪子之痛的母獅立即母愛爆棚，它決定把小鹿當成死去孩子的替代品。

在母獅的照料下，小鹿一天天地長大，現在已是一隻健壯的成年鹿。

這一天，當“母子倆”在草原上追逐嬉戲時，不巧被獵人看見了。

“這隻鹿的花紋真美，如果被獅子吃掉就太可惜了。”獵人邊想邊拿起獵槍瞄準獅子。

第一槍没打中，讓母獅心生警覺，趕緊回頭催促鹿兒子快跑，結果這麼一蹉跎，錯過了逃跑的最佳時機，不幸中彈身亡，血跡濺上一旁的花鹿。

這下子鹿皮上的血跡還得清洗。

獵人邊懊惱邊拿起槍，下一步便是瞄準鹿頭。哪知就在這個當口，花鹿反撲上去，一口咬住獵人的脖子，頓時血流如注。

獵人臨死前想著：“哎！都怪陽光太刺眼，害我把獅子看成鹿了。”

（206）

漂亮國的教育聞名遐邇，佛佛大學更是執世界之牛耳，不僅全球學子趨之若鶩，本國尖子生也以它為奮鬥的目標，然而這麼令人仰止的學術殿堂卻保留5%的名額給落後國家的學生，實在讓人費解。

此令一出，反對最烈的當屬漂亮國的教育部長，他一向秉持公平公正的原則，是一位剛正不阿的人。

然而國務卿的態度卻很令人氣餒，他認為這是政治決策，既然已經上升到這個層面，就無所謂是否公平合理。

幾十年過去後，當初"插隊"入讀佛佛大學的學生們，回國後陸續擔任國家要職，在做決策時，無不向漂亮國傾斜……

"假的！"卓倩愉指著網上新聞，"我不信讀個大學會有這麼大的魔力。"

她的老公牛頭不對馬嘴地答："我聽說法國A大的文憑很水。"

卓倩愉大為光火，質問誰說的？當年她眼睛都快讀瞎了，這樣的文憑哪裏水了？

"我還聽說法國快不行了，在國際上根本說不上話。"她的老公繼續補刀。

"是誰這麼枉口嚼舌？法國好得很！經濟實力雄厚，武力強大，社會還穩定，我沒看過比它更好的國家……"

（207）

頭條文章：天體物理學家英格曾經表示人類生活在一個虛擬的世界裏，所見所聞都是假的。換言之，我們不過是計算機中一段設定好的程序，也像是電腦遊戲裏的虛擬人物，只是我們不知道冥冥之中還有個玩家在操縱我們的一切……

袁平的目光離開手機屏幕，仰天吶喊："喂！控制我的玩家，你把我往死裏整，有意思嗎？快！給我充點兒錢，讓我也能成為超級角色。"

（208）

很久很久以前，某個偏遠地區存在著七人惡霸，他們長期欺壓百姓、強取豪奪，當中為首的更是罄竹難書，雖然家中已有搶娶而來的美嬌娘，但仍姦污人妻，甚至連未成年的小女孩也不放過。

面對如此惡人，平民百姓無不期望地方知縣能有所作為，但事與願違，可憐的匹夫匹婦只能任人宰割，苦不堪言。

幾百年過去後，那七人輪迴轉世成為一家人，父親是瞎子，母親智障，五個孩子中除了老大正常外，全部殘疾。

雖然生活困難，但一枝草一點露，在相互扶持下，這家人度過了重重難關。

轉眼到了老大該娶親的時候，他看中的是一位大家閨秀，其父母當然不同意這門親事，但女人執意嫁入，婚後才發現自己上了賊船，可惜為時已晚。

某天，早生華髮的女人經過寺廟，一位高僧喊住她，告訴她前世所導致的因果循環。

"這不公平！前世我是被強娶的，怎麼今世還擺脫不了厄運？"女人憤恨地說。

"不，被強娶的那位已經跳出輪迴，妳是那位知縣呀！"高僧答。

（209）

簡明遜想自殺已經不是一天兩天的事了，他甚至買來《自殺的100種方法》加以研究，最後決定使用其中一種"死有重於泰山"的方式。

為了達到目的，他花費半年的工夫混成小弟，又花費一年的工夫成為大毒梟的隨從。當大毒梟決定在碼頭完成交易時，簡明遜心想機會來了，他自告奮勇擔任先鋒。

"好樣的，"大毒梟拍拍他的肩膀，"我沒看錯你。"

簡明遜的計劃是當他挾帶毒品走向買家時，趁機將毒品扔進海裏，如此一來，

15

買賣雙方都會對他開槍，達到身亡的目的。

主意一打定，他大步流星地往前走去，看準時機後，他用力將裝滿毒品的手提箱往海裏一扔，同時閉上雙眼，準備接受萬發子彈的襲擊……

誰能想到槍聲是響了，他卻被一股力量給拉向買家後方，避開了死神。

槍戰結束後，有人問起他的代號。

簡明遜想了想，回答："没有代號。"

那人轉頭問："王警督，我們的線人裏有没有'没有代號'這個人？"

（210）

自從參加高中同學會之後，何允東便如鯁在喉，想當初自己次次班級第一，後來還考上京城的最高學府，一時風頭無兩；反觀胡軍濤，他那會兒還不知在哪個復讀班裏窩著。沒想到二十幾年過去後，自己才混了個小官，而胡軍濤卻成了上市公司老闆，這口氣怎能吞得下？

幾天後，胡軍濤單獨約何允東見面，酒過三巡後，他提到他的公司想拿塊地，不知何允東能否幫忙？

“真幫不上，我是管交通的，八竿子打不著。”何允東答。

“交通？那麼高速公路休息站的建設……”

17

“那也不歸我管，我管的是市內交通。”

“市內交通好，地鐵施工不也得招標，你看……”

“我管公交這一塊。”

“公交最接地氣，地鐵不到的地方全靠它。我正想在房地產業務外再搞點兒別的，也許……”

何允東發現不論他怎麼閃躲，昔日同窗總有辦法另闢蹊徑，最後竟然連他的身邊人也不放過。

“聽說你的小姨子在證交所上班，哪天認識一下，也許彼此有用得上的地方。”胡軍濤接著說。

何允東不無感慨地表示怎麼學生時代沒發現胡同學是個人才？

“如果一個人投籃投了一萬次，最後進了兩球，另一人投籃投了十次，最後進了一球，你說誰是人才？”胡軍濤反問。

何允東心想原來忙活了半輩子，自己才投了十球。

（211）

春嬌和志明去印尼旅遊，他們遍尋一個景點不著，體貼的志明自告奮勇去詢問當地人，讓春嬌原地休息。

由於印尼人的英語普遍不好，他一路問過去，好不容易才遇上一個會說英語的人，可是志明卻高興不起來。

"怎麼了？沒問到嗎？"春嬌問志明，因為後者看起來悶悶不樂。

"問到了，可是跟沒問到差不多。"志明哀嘆一聲，"那個人說往反方向走，當看到芒果樹時右轉兩百米會看到龍眼樹，此時再左轉五百米就到了。"

“誰會知道芒果樹和龍眼樹長啥樣呢？”春嬌喃喃道。

“就是說嘛！這裏的人簡直奇葩，竟然用果樹當路標。”

當他倆依著路人的指示往前走時，赫然發現路旁的果樹無不碩果累累……

陸勳是個鳳凰男，平常囊中羞澀，買給女友小楓的禮物無非一些便宜貨，像是編織手環、髮夾、書籤、T恤……等，可是他卻很捨得買零食，一買就是好幾包。

小楓是易胖體質，這些薯片、餅乾、蜜餞、花生……等，吃完極易長肉，所以她不介意把男友的愛心分享給室友。

升上大三後，小楓在社團裏認識了一位條件極好的學長，陸勳立馬被比下去。當她把自己的心思告訴室友時，沒想到得到的是一致的反對聲浪。

. . .

"陸勳多好呀！有才又有貌，妳打燈籠都找不著。"

"沒錯，妳是人在福中不知福，如果陸勳是我男友，半夜都會笑醒。"

"妳說的那個學長，一看就很招桃花，別自找麻煩了！"

……

室友們妳一言我一語的，害小楓舉棋不定，加上"有人"告密，男友更殷勤待她，最終小楓又回到陸勳身邊。

"哈！養兵千日用在一朝呀！"陸勳得意地笑了。

（213）

畫家畢卡索剛在藝術圈闖蕩時，一幅畫也賣不出去，不過他没坐以待斃，而是選擇創造機會。首先，他僱人到各大畫廊詢問有沒有畢卡索的畫？久而久之，吊起了畫廊老闆的胃口，等時機成熟後，畢卡索便帶著自己的畫作上門，很快便完成交易……

湯明辰聽說這個故事後，靈光一閃，自己何不如法炮製？於是他僱用水軍炒作自己，等差不多了才把稿子投給各大出版社，果然很快就和其中一家簽約。

"哈！還是得效法前輩的睿智，否則何時才能出頭？"他心想。

然而書出版後，銷量卻悽慘無比，出版社老闆的臉臭得老遠都聞得到。

這個結果並不是湯明辰想要的，但又能如何？他的所有積蓄全投在前期炒作上，現在已經沒錢做後期炒作了。

（214）

聽說相親對象是個城裏人，還是個大學畢業生，左桂花亦喜亦憂，喜的是對方不嫌棄她的出身；憂的是自己只有小學文化，怕和對方有代溝。

"這是羅森林，目前在林務局上班，月收入一萬。"媒婆介紹男方。

左桂花的家裏種田，家庭年收入只有三、四萬，沒想到對方一個月就能掙一萬，實在太厲害了！

媒婆介紹完雙方，很快便找了個藉口離開，害左桂花一時手足無措。

短暫的沈默過後，羅森林問起左桂花平常都做哪些消遣？

"唱歌，你呢？"

"看書，最近我在讀孔子的《道德經》。"

"我知道孔子，至聖先師嘛！可是他寫的不是《論語》嗎？"

羅森林搖搖頭，答："《論語》不是孔子寫的，而是他的學生孟子寫的。"

原來是孟子寫的，這下子左桂花豁然開朗，還是大學生有學問。

〔215〕

年關將近，郭老闆卻沒錢發工資。想到員工也需要過年，他咬咬牙，借了高利貸，同時告之這筆錢的出處，以為他們會有感恩之心，更加效犬馬之勞，結果假期一結束，郭老闆面對的是一室的冷清，把他驚得說不出話來。

反觀張老闆，他也沒錢發工資，但早早給員工們打了預防針，公告欄上是這樣寫的：上游廠家積欠本公司貨款，老闆已經飛去當地討債，預計新年過後回來。

結果假期一結束，所有員工都回籠了，一個也沒少。

索伊城久攻不下，今天已是第15天，眼看補給就要告罄，接下來是繼續圍攻還是打道回府？大家正等著將軍做決定。

"先吃飯，吃完飯再說。"將軍氣定神閒地答。

開飯時，將軍不見踪影，當他再度出現時，非常篤定地下令進攻，結果當晚便攻下索伊城，大家無不佩服他的睿智果敢。

正當眾人歡欣鼓舞地飲酒慶祝之時，勤務兵進到將軍的營帳內打掃衛生，赫然發現地上畫了個靶子，內圈有6顆豆子，外圈有 3 顆豆子，另外還有十幾顆豆子散落各處。

，外圈有 3 顆豆子，另外還有十幾顆豆子散落各處。

鑽石國盛產鑽石，人民應該很富足才是，然而適得其反，這個國家被少數白人所把持，大部分的黑人還是一貧如洗。

梅根是反種族歧視者，她呼籲同膚色的同胞一起反抗不公。由於她的積極參與，有人甚至提議將她送上總統寶座。

某天，梅根發現自己的身上出現大小不一的白色斑點，後來被醫生診斷為白癜風。

“最壞的狀況是什麼？”她問醫生。

“鑑於妳的患部不發癢，最壞的狀況便是全身有大範圍的白斑，只能靠濃妝來遮掩。”醫生答。

思前想後，梅根決定不治療，同時反其道而行（所有能讓白斑快速擴張的途徑，她一一實踐），很快全身便有大面積白斑。

"太好了，不是嗎？"梅根邊想邊替憎恨的黑色部位抹上一層又一層的白色粉底液，"有了白皮膚，誰還稀罕總統寶座？"

（218）

黃伯元來自農村，學費是家裏東拼西湊借來的。相形之下，同班同學小覃的經濟狀況要比他好太多，不僅開車上學，平常也出手闊綽，尤其還不勢利，黃伯元很喜歡和這樣的人交朋友。

這一天，他們物理系的男生又辦聯誼，約的是中文系的女生。

前幾次盛情難卻，加上不願被貼上"不合群"的標籤，黃伯元勉為其難地參加了，可是到了平攤費用的時候就不免尷尬，還好小覃都悄悄幫他付了，讓黃伯元很是感激，心想一定要找個機會好好報答他。

"親愛的男同學們，請把這次的聯誼費用100元上繳，多多益善，上不封頂，謝謝！"發起人小韓說。

當小韓來到黃伯元面前時，小覃一個箭步上去，扔下200元，說："別跟他要，一向都是我在付。"

小覃說者無意，但對自卑的人而言卻是殺傷力十足，兩人從此結下樑子。

畢業後的第一次同學會上，黃伯元和小覃依然形同陌路，到了分攤費用時，小覃大聲地表示自己沒錢。

"別跟他要，我付！"黃伯元豪氣地說。

從此，兩人冰釋前嫌。

（219）

青峰和阿文策劃搶劫，金子是搶到了，卻被警察團團包圍住，不得不退到一個小房間裏商量對策。

"看來只能利用人質了。"阿文說。

房間角落蹲著五個人，全是金店店員。

他們的計劃是讓那五人當人肉盾牌，只要上了車，憑阿文的高超駕駛技術，肯定能逃脫。

然而人算不如天算，五人當中有四人試圖逃跑，全讓阿文給擊斃，他們挾持最後一名人質退回到小房間內。

"完了，"青峰萬念俱灰，"既然跑不掉，不如把人質放了。"

“切，殺四個人是死，殺五個人也是死，我不介意多殺一個墊背。”

青峰心想不對，他雖然參與了搶劫，但從頭到尾未傷一人。阿文是可以破碗破摔，他不一樣，只要將功補過，應該還有活路。

於是當阿文舉槍欲殺掉最後一名人質時，青峰撲上去和他扭打在一起，混亂中，手槍掉落至地上。

“碰”的一聲，鮮血從阿文的胸膛噴了出來。

青峰驚呆了，等回過神來，他對手持槍械的“人質”說：“小伙子，我是為了救你，你都看到了哈！”

話甫歇，第二聲槍響，青峰的腦門中彈。

當警察衝入房間時，那兩人已經回天乏術。

開槍的男子叫大春，據他描述，那兩名搶匪後來發生內訌，他趁機奪走手槍，擊斃作惡多端的兩人。

他的自衛行為普遍被理解與接受，不僅警方沒有為難他，大眾還將他捧上神壇，著實火了一把。

現在的大春在網上擁有十幾萬粉絲，一次帶貨至少能賺進萬把塊錢，相比從前，簡直好太多。如果當時饒了青峰一命，際遇就完全不同了，崇拜和同情向來是兩個級別，不能相提並論。

3 13房第四床的病人已經入院好幾個月，病情時好時壞，哪知今晚急轉直下，即使打了強心針，危急值依然很高。

"醫生，我們問過神明，父親拖不過中秋，如果……我們可以理解。"病人家屬說。

今天是中秋節，按"神明"的說法，病人將在兩個小時內病故，這激起郝醫生的鬥志，他想和神明搏一搏，於是轉身進搶救室繼續搶救。當時間跨過午夜時分的那一瞬間，郝醫生簡直太舒爽了，他終於戰勝天命。

等病人移至觀察室後，其家屬將郝醫生
團團包圍住，問：" 照顧植物人的費用
誰出 ？ "

（221）

太太想買一臺X牌的筆記本電腦，第一家標價5000元。

"便宜點兒。"金太太說。

"最多打九五折，再便宜就沒得賺了。"商家說。

她來到第二家，同樣的電腦標價5300元，但現在在做促銷，會贈送一部價值600元的手機。

金太太已經有手機了，她不需要兩部（何況贈品還是個便宜貨）。

當她來到第三家，老闆說4500元，但眼前這臺是展示用的，要全新的得調貨，問她願不願意等半小時？

金太太答沒問題，然後在店裏晃悠。

沒多久，老闆走過去對她說：" 其實X牌沒有Y牌好，容我介紹一下。"

" 不用了，我就喜歡X牌。"

" Y牌現在在做促銷，只要3900元，而且贈送兩年保修。"

" 那……看看也好。"

金太太最後買走了Y牌筆記本電腦，忘了她原本想買的是X牌。

噢！對了，其實這家店只代理Y牌。

（222）

一 位農場主認為鄰近工廠排放的廢氣讓他的老婆產下智障兒，一怒之下，將其告上法庭。

法官沒採信，因為兩者沒必然的關係。

敗訴後，有人勸農場主搬離，他不聽，反而在更靠近工廠的地方蓋了一棟小木屋，讓自己二度懷孕的老婆居住，果然第二胎又是智障。

這次法官判工廠侵權，除了整改，還得做出經濟賠償。

最終，農場主得到正義、賠償款和……"兩個"智障兒。

剛嫁入皇室的二王妃因窮奢極侈的作風，沒少被國民批評；反觀大王妃，穿的是小眾品牌，坐的是公務車，連手機用的都是老款。

二王妃很不平，明明每個月的撥款都沒超支，憑什麼捱罵？還有，大王妃既然這麼節儉，錢都到哪裏去了？

這個答案很快在家庭聚會中有了體現，二王妃認出大王妃身上的那件衣服，當時因超出預算沒敢買，誰能想到一轉眼就被大王妃給買走了。

從此二王妃彷彿變了個人似的，當她以節約的模樣出現在公眾面前，並且接受

他們的誠摯歡迎和掌聲時，心裏想的卻
是：＂這幫人可真愚蠢，以前納的稅起
碼還看得見，現在看不見了也不起疑，
活該只能當平民！＂

（224）

約瑟夫是綠色小鎮上最惡劣的殺人犯，總共有265位受害者慘死在他的刀下。

當行刑者砍下約瑟夫的頭顱時，大家無不歡聲雷動，受害者家屬更是流下欣慰的淚水，所以當其中一位"死者"毫髮無損地出現時，所有人都驚呆了。

"我只是不告而別，不明白約瑟夫為什麼會承認殺了我。"尼奧解釋。

後來陸續又有九個人"復活"，法官說："即使少殺了十個，約瑟夫仍是有罪的，我没判錯。"

自從機器取代人力後，大量的人口湧入工業城市，綠色小鎮不再是香餑餑，以致居民寧願相信傻子約瑟夫真的殺人了，也不願接受昔日的繁華小鎮已然沒落……

45

農曆新年快到了，阿明與阿志兩兄弟決定灌幾斤香腸應應景，灌好的香腸就掛在後院的竹竿上。

隔天，香腸不翼而飛。

阿明和阿志氣壞了，但也無可奈何，只能重新再做。哪知做好的香腸再度失竊，"怒髮衝冠"已不足以形容他們的憤怒。

兩兄弟一商議，決定反擊。他們買來毒鼠強，灌進新做好的香腸內，果然隔天又不見蹤影（不過這次兄弟倆倒有解氣後的痛快感）。

幾天後，警察上門逮捕阿明與阿志，因為果叔家死了五口人，只有吃素的老人倖存下來。

"你們知道是果叔偷了香腸？"法官問。

兩兄弟皆回答不知道。

"你們認為有人偷了香腸？"法官又問。

阿明很快答是，阿志卻留了個心眼，回答："不是。我買毒鼠強是為了毒死偷走香腸的老鼠，鄉下的老鼠可多了。"

最終，阿明被判二十年徒刑，阿志則免於牢獄之災。

（226）

安迪的父親在他很小的時候就已離世，母親含辛茹苦將他撫養長大，直到八十歲高齡才仙逝。

做完母親的頭七，一位律師找上門來，告訴他一個驚天的大祕密。

安迪反覆詢問，這才確認母親真的是個富婆，名下約有二十多套房產和八百萬元現金，現在全歸他。

朋友聽聞後，無不向他恭喜，這下子他能辭掉月薪八千元的工作，選擇在家躺平，可是安迪卻開心不起來。

"媽的，過了大半輩子捉襟見肘的日子，臨退休才知道自己原來坐在錢堆裏，慘絕人寰也不過如此。"他想。

（227）

戴玉芳想著一定是懷孕期間看多了牛鬼蛇神的故事，以致生下一個怪胎，不僅說話口吃，個性也不討好，和她想像中的小棉襖有天壤之別。

這一天，她帶著已經五歲的女兒出門，一位街邊算命師向母女倆招手，說：“過來，我有天機洩露。”

戴玉芳很好奇，牽著女兒走過去。

“這小女孩看起來很聰明伶俐的樣子。”算命師說。

“什麼呦！話都說不利索。”戴玉芳反駁。

「妳太心急了，」算命師乾笑兩聲，「我的意思是看起來，實際相反。」

「就是！」戴玉芳翻了翻白眼，「你說這孩子未來會好嗎？個性畏畏縮縮的，我怕以後找不到婆家。」

算命師掐指一算，答：「糟了，這孩子與妳相剋，事實上她是索命來的，不過沒關係，我有辦法化解，只要五百元。」

對於每天只有10元菜錢的女人來說，五百元顯然是個大數目。戴玉芳頭也不回地拉著女兒走了，但算命師說過的話卻從此刻在骨子裏。

光陰似箭，日月如梭，轉眼二十年過去了。

「端午節那天晚上，妳對母親做了什麼？」法官問。

「我……我……用……用枕頭……悶……悶住她。」說話口吃的女人答。

「為什麼？」

「她……老……老……打……打我……還……還……罵……罵……我。」

法官詢問原告願不願意和解？死裏逃生的戴玉芳不僅不同意和解，還希望法官重判，最好判個無期徒刑。

輿論對戴玉芳的"心狠"頗有微詞，但她不在乎，對於索命的冤家，就該這麼判！

（228）

法國一家新興的酒莊正在全球找代理商，大中華地區有兩位競爭者，一位是從事紅酒銷售長達三十年的唐先生；另一位則是初出茅廬的社會新鮮人小韓。

當酒莊總裁測試紅酒知識時，唐先生答得頭頭是道，小韓卻只能傻笑。

最後，總裁把長江以北的代理權給了唐先生；長江以南的則給了小韓。

有人認為酒莊總裁肯定瞎了眼，要不就是腦袋被驢踢了，否則怎會做出如此荒唐的決定？然而事實證明總裁並不糊塗，那兩人的業績不相上下，小韓甚至略勝一籌……

“爸，廣深的生意已經上軌道了，接下來是二線城市。”小韓對父親說。

小韓的父親素有“南霸天”之稱，人脈極廣。

“你打算先從哪個城市入手？”他的父親問。

“杭州吧！我還滿喜歡那個城市。”

“杭州？我想想……對了，老鮑應該幫得上忙，待會兒我給他打電話。”

在那個動盪的年代裏，能得到大學文憑實屬不易，尤其黎瀟讀的還是名牌大學的英文專業，未來可期，可是他投簡歷的對象竟然只是一所普通中學。

面對中學校長的質疑，黎瀟答："普通中學也能出人才，我願意為教育資源相對一般的孩子們貢獻一己之力。"

校長很感動，同時慶幸自己的學校終於有大學生肯屈尊。

黎瀟後來便在這所中學待了下來。

這一天，有學生抱怨小老師亂批改考卷，譬如太陽的冠詞是the，不是a。

“認為太陽的冠詞是the的舉手。”黎瀟問全班。

有2/3的學生舉手，於是黎瀟果斷撤換小老師，轉由“告密者”擔任。

新上任的小老師是這學期的第9位，誰又知道他的任期會有多長？所以他得加緊學習才能在這個位置上待得久一點兒。

由於學生們都搶著當英文小老師，黎瀟教過的班級無不成績斐然，於是校長要黎瀟示範教學，好讓其他老師借鑑。

黎瀟推了幾次都推不掉，只好接了下來。

到了示範教學那一天，只見一個小毛頭畏畏縮縮地上臺，連聲音都是顫抖的。

“今……今天我們上……上簡單句，簡單句的基本句型分為五……五種，第一種是……”

在座的校長和老師無不詫異，紛紛望向本該站在講臺上的黎瀟。

“沒事，英文字母只有十來個，不難學。你們看，我的學生都可以開班授課了。”他答。

（注：英文字母有26個。）

（注：英文字母有26個。）

（２３０）

𝒶lice打算到紐約度週末，一上機便發現"鄰居"是一名綁著麻花辮的小女孩，看樣子是獨自乘機，因為空乘人員走過來好幾次，詢問女孩是否OK？

飛機起飛後沒多久，Alice便發現女孩有異樣。

"妳是不是暈機了？"她問。

"沒有。"女孩答。

"想不想喝杯水？"

"不想。"

於是Alice低頭繼續看偵探小說，她是阿加莎迷。與此同時，鄰座女孩開始畫畫，畫的是一個綁麻花瓣的女孩，嘴裏含著一根棍棒狀物。

Alice讀累後，指著女孩所畫的棍棒，問：「這是什麼？」

「那是爸爸。」

Alice連吞好幾口口水後，接著問：「妳去紐約見誰？」

「爸爸，每個暑假我都要跟他一起住。」

「妳開心嗎？」

小女孩搖搖頭。

「我能借妳的紙筆用一下嗎？」

小女孩點點頭。

於是Alice在紙上畫了一隻怪獸，說：「小時候我很害怕這個東西，這件事我只告訴妳。」

小女孩沈默了一會兒後，問：「我也很害怕一個東西，能不能也告訴妳？」

「當然，親愛的。」

芝加哥飛紐約只有兩個小時的航程，當飛機降落後，空乘人員首先將小女孩帶

走，不出意外的話，警察已經在接機口
逮捕準備接小女孩的人。

走，不出意外的話，警察已經在接機口
逮捕準備接小女孩的人。

天一大早，阮凌霄便接到老人的來電，要他陪著上醫院。

好不容易看完病、付了費、領了藥，他把老人送回家。離去前，阮凌霄不忘叮囑：「藍盒是飯前吃，紅盒是飯後吃，別搞混了。」

「知道了。」老人突然想起什麼，「這個週六中午，記得過來和我吃飯。」

阮凌霄極不願意週末還得跑那麼一趟遠路，但為了不傷老人的心，最後還是答應下來。

回家後，屁股還沒坐熱，阮凌霄又接到老人的電話，說老花眼鏡跌碎了，要他陪著去配一付新的。

“好咧！這就來。”他答。

風風火火地幹了一整天，阮凌霄上床時已接近午夜。

“你就不能換個工作？這樣沒日沒夜地忙，搞得我像個活寡婦似的。”他的太太忍不住抱怨。

阮凌霄的工作就是時下流行的“共享兒女”，說白了就是個跑腿的，不同的是嘴巴得甜、會哄人，畢竟那些老人平常孤獨慣了，花錢除了買服務外，還想得到溫暖與關懷。

“珊，如果現在換工作，以前的努力全白費了。妳再等等，我的客戶當中已經有人在寫遺囑了。”阮凌霄答。

Mona是橄欖國的原住民，礙於全民教育的規定，他不得不跟著"入侵者"的子孫一起學習他們的語言與文化。

某天，他臭著臉回家，母親問他怎麼了？

"語文課本上提到我們是砍頭族，還砍掉一位好官的頭顱，最後橄欖族以德報怨，寬恕了我們的罪行。媽，這是真的嗎？"

他的母親除了強調這不是事實及流淚外，什麼也做不了。

長大後，Mona努力成為族代表，當願望實現後，第一件事便是上議會要求將小學課本裏的不實內容刪除。

"你怎麼證明這是不實內容？"有議員問
。

"我們不砍頭，更不會砍穿紅色斗篷者
的人頭，因為紅色在我們族裏是神聖的
顏色。"

"也許砍人者是色盲也說不定。"某個議
員說。

此話一出，引來鬨堂大笑。

Mona早有準備，把帶來的書發給與會代
表，人手一本。

"這是我們族裏的新版小學課本，尚未
發行。"他說。

與會代表雖然看不懂原住民的文字，但
態度丕變，馬上同意刪除那篇讓Mona如
鯁在喉多年的文章，條件是這本新版小
學課本永遠不發行。

會議結束後，Mona的祕書問："我剛剛
翻看了一下，那本書完全沒提到橄欖
族。"

"可見他們的祖先當年有多不是個東西
！"Mona答。

（233）

萬圻芳在瑞士的一家名錶店工作，她是店內唯一會說普通話的銷售。

與其他銷售不同，萬圻芳相當高冷，說白了就是"狗眼看人低"。然而即使接到投訴，經理看她的業績不錯，頂多"提醒"一下，這讓她更加我行我素。

這一天，店裏來了一位顧客，目光橫掃了一下便向她走去。

"哪隻是新貨？"華人顧客問。

"都很新。"她答。

顧客把展示櫃裏的錶全看過一遍，最後指著一隻粉紅色錶帶的錶，說：“給我看看這隻。”

“那隻要55,○○○瑞士法郎。”

“我没問妳多少錢。”

“最後不得問？我這是提前告知，免得……”

話說到一半的殺傷力更大，顧客連試都没試，直接讓萬圻芳打包，心想：“哼！敢瞧不起我，我讓妳嚐嚐肉包子打狗的滋味。”

靠著顧客扔的肉包子，萬圻芳已經在房價高昂的瑞士買了兩套房，就算是條狗，她也是一條快樂無比的狗。

（234）

有三個人在同一時間斃命，上帝問他們都為世界貢獻了什麼？

第一個人說他造了很多公共建築物，幾百年都不會倒。

上帝點點頭，同意這的確是貢獻。

第二個人說他寫了能流芳百世的書籍。

上帝又點點頭，同意這的確也是貢獻。

第三個人說他賺了好多錢，有豪華別墅及私人飛機。

上帝說：" 歸根結底，你只為自己和家人謀福利。"

“不，我還養活了員工及其家人，受惠人士起碼好幾萬人。”

“那麼談談被你坑掉的人數。”

“大概好幾……十萬人。”

“這是對世界做出貢獻嗎？”

第三個人胸有成竹地答：“是的，我教會他們對人得有防備心。”

上帝無奈點點頭，因為這的確也是貢獻啊！

賀醫生宅心仁厚，想當初就是為了救人才選讀醫科。

這一天，急診室送來一位情況非常危急的患者，賀醫生施救了兩小時，最後仍回天乏術。

病人家屬很失望，連道謝的話都沒說。

胡醫生為利是圖，想當初就是為了賺錢才選讀醫科。

這一天，急診室送來一位情況非常危急的患者，胡醫生施救了兩小時，最後終於將人從死亡線上拉了回來。

病人家屬很激動，只差跪下來磕頭謝恩。

胡醫生要他們都別謝了，這是他應該做的，但心裏想的卻是：「媽的，為了救一個老不死的，弄髒了我的鞋，賺的還不夠我買雙新的。」

胡醫生要他們都別謝了，這是他應該做的，但心裏想的卻是：「媽的，為了救一個老不死的，弄髒了我的鞋，賺的還不夠我買雙新的。」

（236）

郝導演對女演員來說是場惡夢，想在他的劇裏謀得一個角色，要嘛帶資進組，要嘛被潛規則，這已是公開的祕密。

某天，為人正直的張導演對郝導演提出建言：“用人用其長，為了一個角色肯做如此犧牲，絕非善類。”

郝導演問張導演：“你覺得我的長相如何？”

這個問題不難回答，郝導演長得尖嘴猴腮，外號叫“老鼠”，能好看到哪裏去？

“長相嘛……還過得去，有比較大的改善空間。”張導演禮貌而不違背良心地表達自己的看法。

“這就對了！女演員甘心為了一個角色與長相欠佳的人上床，那得下多大的勇氣和決心。更恐怖的是如果這次沒火，還得繼續陪睡，你說她們能不全力以赴嗎？”

兩個月之後，郝導演的妻子田雲被評定為國家一級演員，再沒多久，兩夫妻勞燕分飛。

針對失敗的婚姻，不知道郝導演心裏是咋想的，但對於田雲來說，前夫的作用除了“督促”她在事業上全力以赴外，沒別的了。

（237）

小時候，彭威的母親總告誡他要認真學習，否則長大後只能上炸雞店打工。

彭威後來真的考上大學，母親卻要他半工半讀，如果真找不到工作，那就上炸雞店打工。

"怎麼還上炸雞店打工？我不是已經認真學習了嗎？"他問母親。

"那……那是暫時的，等你拿到大學畢業證書，大把的工作等著你挑。"

彭威後來真的拿到學士學位，但求職市場僧多粥少，一時没找到稱心如意的工作。

在家躺平數月後，他的母親舊話重提，
要他不妨降低標準，如果還是找不到工
作，那就上炸雞店打工。

"怎麼還上炸雞店打工？我不是已經拿
到大學畢業證書了嗎？"他問母親。

"那……那是暫時的，等你……"

二十多年後，彭威擁有兩個博士學位，
同時成為某炸雞品牌的高級顧問。

"還是我媽高明！"他心想。

（238）

學校宿舍樓有門禁，明定晚上11點半關門，但宿管大叔太敬業，往往時間沒到就上鎖，讓因事逗留在外的學生苦不堪言。

某晚，鍾譯23:15回到宿舍，發現門已經刷不開，很是著急。

同樣被鎖在門外的學長倒是不驚不慌，他用力拍打門板幾下後，沒多久，人出現了。

"怎麼又晚歸？"宿管大叔眉頭緊鎖，"老規矩。"

話音一落，學長立刻奉上素描一張。

"怎麼沒簽名？"宿管大叔問。

“我現在就簽。”

收下素描的宿管大叔很快讓“納貢者”通行。輪到鍾譯時，他表示自己是新生，畫都在房間內，遺憾的是皆未完成。

“你是初犯，不知者無罪，但下不為例喔！”宿管大叔表現大度地說。

幾十年過去後，當初默默無聞的莘莘學子們一個個在畫壇上嶄露頭角，尤其是鍾譯，他的畫作等閒也要好幾十萬元一幅。

這一天，電視正播放有關拍賣行的報導，鍾譯轉頭一看，屏幕上拍賣的不正是自己的早期作品嗎？

“他奶奶的，這老傢伙不知黑了多少錢。”鍾譯心裏罵道。

（239）

藍月不喜歡參加聚會，但盛情難卻，只能勉強赴約。席間都是一些富太太，穿金戴銀的，她反倒顯得清新脫俗。

"藍月，說說妳的一兒一女吧！"有人提起，因為聚會中只有她是新面孔。

"他們都很普通，兒子是個銷售，跟各個國家推銷武器；女兒在家相夫教子，因為她老公忙著開採油田。"

富太太們面面相覷，後來又有人問起藍月的老公。

"他也很普通，只是偶爾能跟總理說上兩句。"她答。

聚會結束後，有人提議照張相，藍月被
推為Ｃ位。她不喜歡這樣的安排，但又
能如何？只能面對鏡頭無奈地露出笑容
。

（240）

哈奇與里昂是電視臺一檔娛樂節目《歡迎來挑戰》的主持人，兩人的默契極佳，時而插科打諢；時而談笑風生；時而一本正經，把節目炒得很火熱。

這一天，電視臺的節目經理分別與兩人談話，解釋因種種原因，該節目的主持費打了八折，換言之，原來每集每人能賺20萬元，現在只有16萬了。

硬生生少了4萬，哈奇當場拍桌子；里昂的表現則不一樣，他說能理解製作方的難處，一切看公司安排。

當下一季來臨時，人們發現《歡迎來挑戰》的主持陣容變了，由里昂搭配一個

穿西裝的玩偶，一人一偶照樣默契十足
。久而久之，觀眾接受了這樣的組合，
有沒有哈奇已經無所謂了……

噢！對了，玩偶的幕後操縱兼發聲者是
里昂找來的，一個剛出校門的小伙子，
給他兩萬還嫌多，剩下的全入里昂的口
袋裏。

（241）

考大學那會兒，于紫佳表現失常，孫小莉硬是捨棄已經考上的理工大學，陪著閨蜜一起復讀。這份情誼堅如磐石，就算是親姐妹也未必能做到。

一年過後，雙方皆考上杭州最好的大學。興奮的于紫佳握住孫小莉的手，說："小莉，妳是我生命中的貴人，遇見妳是我一生中最幸運的事。"

孫小莉何嘗不也這麼想？自從認識了于紫佳，每天都有了早起的理由。

上了大學之後，孫小莉和于紫佳仍然焦不離孟，兩人一起上課、吃飯、逛街、跑圖書館……等。于紫佳的喜惡，孫小莉全知道；孫小莉的心事，于紫佳也一件不落，如果不是那個男孩的出現，或許她們會一直這麼幸福快樂地走下去。

"回答我，妳喜歡他嗎？" 孫小莉痛苦地問。

"左辰皓對我很好，我挺喜歡他的。" 于紫佳答。

"妳為什麼要瞞著我？"

"我認為這是私事，閨蜜再怎麼親密，也應該有自己的私密空間。"

這是于紫佳捅來的第二刀，孫小莉把所有事都告訴閨蜜，在她面前，自己就是個透明人，但于紫佳卻有所保留，甚至認為理所當然，"殺人誅心"說的不正是這個？

感情一旦有了裂痕，很快就會從小裂縫變成大裂縫，終至無法挽回。為了哀悼已逝的閨蜜情，孫小莉決定幹一件大事，讓于紫佳一輩子都記住她。

"這是怎麼回事？" 于紫佳質問男友。

"我愛上孫小莉了，就這麼簡單！"

聽到噩耗，于紫佳轉身飛奔而去，肝腸寸斷的哭聲在空中迴盪了好幾秒鐘。

"小莉，"左辰皓眉飛色舞地向她走來，"咱倆終於可以光明正大地交往了。"

"滾！"孫小莉答。

（242）

季晴走回宿舍樓，發現公告欄上貼著樓長的投票結果，朱婷宜果然以壓倒性的票數當選（此乃實至名歸），但平常興風作浪的湯婕敏竟然也得到43票。

"哪來的43個蠢蛋？"季晴心想。

拿到下節課所需要的繪畫工具後，季晴快步走向藝術大樓，她不想錯過自己最喜歡的美術課。

半節課過去後，老師要大家先停筆一下。

"學校六十週年慶即將來到，我繪了兩張海報，正拿不定主意，你們幫我看看哪張好？"說完，老師展示他所繪的海

83

報，一張是寫實派，另一張則是抽象派
。

週年慶是熱鬧場面，當然選寫實派，結
果卻大跌眼鏡。

"哪來的25個瞎子？"季晴心想。

回到宿舍，有室友提起JJ就要來中國辦
演唱會，真令人期待！

"聽JJ唱歌倒不如聽海山唱。"季晴說。

"拜託！妳怎麼會喜歡老男人？滿臉坑
坑巴巴不說，聲音還低沈，像鴨子在叫
。"章小菲答，另外兩位頻頻點頭。

鴨子的聲音怎能算低沈？看來室友們的
耳力堪虞。

季晴滿臉不悅地離開寢室。等她一走遠
，三位室友開始吐槽："哪來的音樂白
痴？"

威爾森是一名私家偵探，但凡家屬找上他，代表案子很棘手。

"親愛的，你怎麼還不上床睡覺？"女人問。

說話的是威爾森的二婚太太，人長得漂亮，個性還溫婉，而且遇事冷靜不慌張，是個內外兼修的好女人。

"我接了個燙手山芋，已經徹夜不能眠好幾天了。"他答。

"何不說來聽聽？"

於是威爾森把這個找不到凶器的殺人襲擊案件告訴自己的太太伊蓮。

"死者夜裏死在自家公寓的樓底下，很可能有人算準他的回家時間，然後拋下冰塊，重力加速度的結果，即使雞蛋也能殺人，何況冰塊？等天一亮，冰塊融化了，所謂的凶器也跟著消失。"伊蓮分析。

聽起來合情合理，這是發愁多日以來，威爾森第一次有了笑容。

等伊蓮回房睡覺去，威爾森收起笑臉，開始調查起自己的太太。

伊蓮的前夫死得不明不白，至今仍是懸案，而且方才他敍述案件時並没有提到"自家公寓"，伊蓮卻自動補齊缺失的部分，讓他更加懷疑，果然……

"你打算把我交給警察嗎？"伊蓮淚流滿面地問。

"不，我打算不接這個案子。"威爾森答。

懸案後來依舊是懸案，但威爾森的回家之路從此變得不那麼令人期待，尤其當來到自家公寓的樓底下時，他總不由自主地抬頭往上看……

（244）

佐登的父親做的是民間借貸業務，生意範圍逐漸從小市場擴大到全國，最後竟然達到呼風喚雨的程度。

當佐登的父親去逝後，家族生意落在佐登的肩上，他時刻如履薄冰，害怕毀了父親辛苦打下的江山。

這一天，總統邀請佐登共進午餐。席間，總統提到有關他的傳記即將上架，內容不實，尤其還提到他曾性侵繼女一事，讓他非常頭疼。

"總統先生，這是小事，包在我身上。"佐登答。

佐登後來跟"壞朋友"說起此事，没多久，該傳記的作者被槍殺，出版社也適時發生大火，社長因此決定無限期推遲傳記上架的時間。

這個結果讓總統很滿意，他再度邀請佐登共進午餐，但佐登婉拒了。

"跟總統吃飯是很榮幸的事，你怎麼拒絕了？"佐登的太太問起。

"父親經常告誡我好朋友和壞朋友都要結交，好朋友就深交點兒，壞朋友就淺交點兒。"他答。

（245）

鄧子琪的新租處是個老小區，不是每戶人家都會在門上貼門牌號，所以時不時總有人敲錯門。為了徹底解決這個問題，她特地買來黃銅材質的數字門牌（405）貼在門上。

"這下子總不會再搞錯了吧？！"她心想。

這一天，剛洗完澡的鄧子琪又聽到敲門聲，她急匆匆趕去開門。

"請問410是哪一間？"那人問。

（246）

最近的熱搜被一個群眾演員給霸佔了，起因是她為了得到女四的角色，從場務、化妝師、造型師、佈景師、燈光師、剪輯師、攝影師、項目經理⋯⋯一路睡上去，結果功虧一簣。一氣之下，這個女人破碗破摔，實名舉報上述相關人員，造成電影圈大地震⋯⋯

Poy是新進的群眾演員，當聽到這個消息時，蹦出一句：“笨！”，然後踩著高跟鞋去敲導演的房門。

（247）

武勝輝是一名網絡紅人，外號"大嘴輝"，被他噴過的人不計其數，但熱度一過，他便不再舊話重提，只有一個人不一樣，不管暮去朝來、光陰荏苒，武勝輝從未放過她。

某天，武勝輝約朋友小聚，酒過三巡，朋友問起他為什麼要死咬住一個十八線外的女明星不放？

"你不懂，我小心翼翼了數十年，她是我唯一信任過的女人。"武勝輝答。

榮幼雯自從參加心靈成長班之後，對世界有了不同的看法，她感恩自己所擁有的，對萬事萬物也有了包容心。

這一天，組長抱怨邵風又心不在焉，導致品管出了問題，若不是他火眼金睛，估計又會被海外買家退貨，這一來一回的運費可不是個小數目，同時也影響公司信譽。

"沒事，我來跟他說。"榮幼雯答。

談話過後，榮幼雯不僅沒辭退邵風，反而把一筆五千萬元訂單的品管工作全權交給他。組長知道後嚇壞了，這是非常冒險的事，但榮經理一意孤行，他也只能摸摸鼻子走開。

果然最壞的事還是發生了，五千萬元的貨全數被退回，榮幼雯也被公司辭退，至於邵風……他早聞風而逃，避開與榮經理打照面的尷尬。

經過三年有一餐沒一餐的流浪生活後，邵風決定找個工作安定下來。當他來到郊區的一家工廠面試保安工作時，赫然發現面試官正是當年被他害慘的"榮經理"。

邵風硬著頭皮走上前去，還未坐下，榮幼雯對他說："謝謝！"

"謝我什麼？"邵風問。

"是你教會我有人就是扶不起的阿斗，沒救了。"

邵風沒反駁，默默走開，心想："我還以為這次能再苟安一陣子，沒想到她會醒悟過來，真是倒大霉了。"

（249）

這一天，遍體鱗傷的薛寶玲被老公從醫院接回家。

“中午想吃什麼？”老公小心翼翼地扶她在床上躺下後問。

“什麼都不想吃？”薛寶玲有氣無力地答。

“妳的身子弱，怎麼可以不吃？”他溫柔地將她凌亂的髮撫順，“中午我燉個排骨粥，再做幾樣妳喜歡的小菜，妳看好嗎？”

當午餐時間來到，薛寶玲的老公把粥吹涼後，再一口一口地餵她吃，吃完還用紙巾輕輕拭去她嘴角的殘留物。

薛寶玲躺了幾天，她的老公就衣不解帶地服侍她幾天，家裏也收拾得乾乾淨淨，她感覺自己又做回了公主。

等薛寶玲康復後，她又開始做糕點，菜市場的攤位租金不便宜，再這麼平躺下去，很快就會無米可炊。

反觀她老公，做的是保險業務，上班時間相對自由，一見自己的老婆無大礙了，他也出外拉保險，如果不是一名老客戶給薛寶玲發來曖昧短信，這次的“歲月靜好”會長一些。

“說！他為什麼喊妳寶貝？”

“這個人就愛開玩笑，連賣豬肉的賈婆婆也被他喊‘寶貝’。”

儘管薛寶玲指天發誓没半句假話，仍被老公揍進了醫院。這次比較糟糕，右手骨折了，代表有很長一段時間做不了糕餅。

她的親人來探望她時，無不勸她離婚，依然被拒絕。

“妳呦！是不是被下蠱了？”她的母親老淚縱橫地說。

薛寶玲知道自己沒被下蠱，而是運氣不好，嫁給了有雙重人格的人。

"如果我離婚了，就再也見不到天底下對我最好的人。" 她答。

薛母心想都被打成這樣了，還說她老公是天底下對她最好的人，這不是被下蠱了，還能是什麼？不行，明天得找個道士好好化解一下。

（250）

1967年，醫生將停止呼吸的姚老先生送上手術檯，經過長達六十個小時的人體冷凍手術後，姚老先生被放入零下96度的液氮罐內。隨後，生命延續基金會的專家向公眾表示手術很成功，預計冷凍人將會在五十年後解凍。

時間轉眼來到2052年，首例冷凍人解凍成功，姚老先生甦醒過來後的第一句話是："我好想吃醬排骨。"

如願以償吃到醬排骨的姚老先生卻樂極生悲，他忘了自己的牙口不好，一口咬下去，直接崩掉一顆門牙。

雖然講話"露風"，但不減姚老先生的興致，在記者的陪同下，他"重遊"了很多名勝古蹟，只是鏡頭下的他步履蹣跚，每走幾步就氣喘如牛，讓人看了都替他累。

等熱度一過，人們不再關注他，緊接而來的是殘忍的現實問題。這個世界變了，不再是姚老先生記憶中的樣子，他不會使用高科技產品，也聽不懂人們口中偶爾夾用的網絡用語，連家裏的洗衣機也不會操作，因為85年前人們還是使用雙手搓洗衣服。

這還不打緊，當初基金會的人跟他描繪了無數個美好的藍圖，唯獨沒講到重點，那就是他的腦子及身體機能依然停留在72歲。早知如此，他就不冷凍了，重過老年生活有什麼好的？

幾天過後，更加毀滅性的消息傳來，害他差點兒一口氣上不來。

"老先生，當初跟您講明了，每加一次液氮需要額外支付五萬元。您是一次性支付了五十年，但期限一到，礙於當時的條件不允許，我們將您的軀體繼續冷凍，如今賬單已經累計到近五百萬元，這還沒把通貨膨脹和利息算進去。您的後代子孫聽說後，全失聯了，不瞞您說，這房子還是基金會替您租下的，請您

仔細想想自己還有沒有什麼隱性財產，
畢竟我們也不是慈善機構，您說是嗎？”

等工作人員一走，姚老先生把所有的門
窗縫隙全用膠帶封上，然後打開瓦斯爐
……

（251）

何斐樂的男友最近怪怪的，一天洗兩次澡不說，還經常魂不守舍，她若問起，男友就跟她急，於是她暗中調查，果然出大事了。

眼下，她要嘛將人往外推，要嘛讓男友重回自己的身邊。何斐樂選擇後一種，而且為了斷了他那顆"三心二意"的心，她決定採取激進的方式，日子就選在公司開中秋晚會的那一天。

當晚會結束後，住在同小區的小郭果然送有些醉意的她回家，經過"暗示"，兩人在床上翻滾，誰也沒料到何斐樂會在關鍵時刻忽然喊停，接著撥打報警電話。

“喂！我被人猥褻了，你們快派人過來。”她說。

小郭愣住了，這演的是哪一齣？他趕緊下床找衣服穿，但何斐樂死活不讓，就在拉扯之際，警察上門了，把衣冠不整的兩人請去做筆錄。

在外聚餐的男友獲知消息後，第一時間趕到警局，對著惡人就是一陣猛打，若不是警察攔著，小郭的門牙估計被打沒了。

猥褻事件後，何斐樂被自己的男友貼上“烈女”的標籤（面對身強體壯的男人仍抵死不從，這種女人娶回家才安心），沒多久便傳來婚訊。至於事件的另一個當事人小郭……從拘留所出來後，工作沒了，女友也離他而去，如果有“年度冤屈獎”，他肯定奪魁。

（252）

伊賀最近諸事不順，加上女友移情別戀，萬念俱灰下，他打算今晚就踏上黃泉路。

吃過人生中的最後一餐，伊賀把所有的窗簾都拉上，然後剪斷煤氣管，為保萬無一失，上床前他還吞了一把安眠藥，可惜死神依然沒找到他。

半夜醒來的伊賀氣得七竅生煙，此時女友突然發來短信，表明自己還是愛他的，虛構新男友不過是為了激勵他東山再起……

伊賀頓時淚如雨下，原來生活沒那麼糟糕。

"重獲新生"的他隨後掏出煙來，打算抽一根定定神，結果點燃了空氣中瀰漫的瓦斯，造成五死一傷（諷刺的是伊賀竟然是那位倖存者）。

經過漫長的訴訟，法官最後宣判伊賀死刑。

這次死神終於找到他。

（253）

Cheney是地方上的小霸王，只是這次實在太過了，即使富甲一方的父母也很難擺平。

在與律師團隊商量過後，他的家人決定以"精神病發作"來應訴。

"裝瘋賣傻"對Cheney來說一點兒也不難，他很快便得到一紙證明，成功逃過法律的制裁，替代的是進入精神病院接受治療，直到醫生認為治癒為止。

"兒啊！我們已經事先打過招呼，只要待滿兩年就可以出來了，你忍忍哈！"他的母親很不捨地說。

想到要跟一群瘋子共處兩年，Cheney頓時沒了力氣。

進入精神病院後，Cheney除了欺負病患和捉弄醫護人員外，沒啥事可做，很快便覺得無趣，逃離醫院的念頭也就越加強烈。終於在一個陽光燦爛的午後，他付諸行動了，只是還沒等坐上開往市中心的巴士就被逮住，還因上了報，院長被革職，換上另一位雷厲風行的新院長，這下子Cheney的父母發揮不了銀彈攻勢，代表他的出院計劃遙遙無期。

Cheney急了，捉住每一位醫護人員，重複述說自己沒病，是正常人。

"這裏的病人都認為自己沒病，是正常人。"每個醫護人員都這麼答。

"自救"無效後，Cheney決定等待時機再出擊，果然幾個星期後被他等來一個絕佳的機會。

當市長視察精神病院時，Cheney從人群中衝出來，撲通一聲跪倒在地，說："市長先生，我沒病，是正常人，請救救我。"

沒等市長反應過來，Cheney已被架走。

在重要人物面前出糗，加上該病患劣跡斑斑，院長下令從嚴處理。於是Cheney被關進單人間，吃喝拉撒睡全在裏面，還因害怕他再度逃跑，連放風的機會也不給。

轉眼兩年過去了，醫生終於宣佈Cheney可以出院。當他的父母喜出望外地來到醫院時，看到的卻是一個兩眼無神，嘴巴唸唸有詞的人。

“沒辦法，醫院目前人滿為患，只能讓最乖的病人提前出院。”醫生拿出一袋藥，“一天兩顆，記得睡前吃。”

（254）

朱夢怡打掃房屋時發現了好幾本B杜的小說，想到同事小劉挺喜歡看書，送她正好。

小劉收到小說後，高興壞了，還說以後若有這類好東西，她樂於接收。

幾個星期後，朱夢怡又打掃房屋，發現了幾件已經退流行的衣服。想到上次小劉的囑咐，她立刻打包。

沒想到小劉收到後，臉色大變地說："我還沒那麼悽慘，得拾別人的舊衣裳。"

在朱夢怡看來，二手書和二手衣不都一樣？何況那些衣服還完好著，只是樣式沒那麼潮而已。

"妳不要，大把人搶著要呢！"

朱夢怡話一說完，圍觀的同事立刻作鳥獸散。

（255）

跳蚤認為狗好厲害，不僅會汪汪叫，還會原地打轉。

狗認為人類好厲害，不僅會數數兒，還會使用電器。

人類認為超人（Superman，來自氪星）好厲害，不僅會推動火車，還會翱翔天際……

氪星人一聽說自家人被神化後，很茫然地問："這不是本能嗎？哪裏厲害了？"

（256）

如果不是家裏的狗多處骨折，小蔡恐怕沒機會遇到自己的高中同學小石。

難得與學生時代的"學神"相遇，小蔡問能否找個時間小聚一下？

"没問題，今晚七點見，吃什麼由你決定。"小石答。

在烤肉店裏，他們大塊吃肉、大口喝湯，等酒下了肚，兩人都放鬆下來，說話也不那麼瞻前顧後了。

"小石，我說句心裏話，你可別不高興。當年你被保送進Q大，我心想這小子將來肯定前途無量，没想到幾年未見，你竟然當上獸醫，這好像和'學神'沾不上邊。”

小石聽完悶不吭聲，小蔡心想壞了，剛見面就結下樑子，這要如何善後？

“不需要善後，我沒生氣，只是躊躇該不該說實話？”

聽到小石沒生氣，小蔡鬆了一口氣，接著表示不管內容有多勁爆，他絕對扛得住，要小石放馬過來。

於是小石把前因後果都交待了。

“你真的能聽到內心獨白？”小蔡難以置信地問。

“沒錯，這也是我後來轉系，並且從事獸醫工作的原因，因為我發現人們在面對小動物時最具耐心和愛心，不像平常那樣虛偽。”

“那麼你說說我現在心裏想什麼？”小蔡挑釁一問。

“你現在想著：見鬼了，小石在發酒瘋。”

小蔡嚇得張口結舌。

回家後，小蔡坐立不安，如果小石真的有特異功能，那麼自己的祕密豈不是全攤在他面前？

隔天，寵物醫院來電話，讓狗主人去接度過觀察期的狗回家。

小蔡找了個藉口讓老婆獨自去接，等一人一狗回來後，他問獸醫說了什麼？

"他說這幾天別讓狗碰水，同時少移動它。"

"就這樣？"

"他還說養狗最好徵求家裏人同意，否則受苦的是狗狗。"小蔡的老婆轉頭怒視他，"狗是你要養的，憑什麼丟給我照顧？還好意思跟獸醫說，你怎麼不讓警察上門抓我？"

小蔡再三保證沒有出賣自己的老婆，同時心裏犯嘀咕："昨天和小石見面時，我壓根兒沒想過這些。"

此時家裏的狗叫了兩聲，小蔡靈光一閃，原來告密者是……它。

（257）

阿道夫以職務之便侵犯男童，數量之多令人髮指，最終他被送進臭名昭著的Ｗ監獄，不僅關的都是牛鬼蛇神，獄警也多半殘暴如虎，阿道夫算是一腳踩進地獄裏。

果然第一天他就得到獄警賞的見面禮，雖然鼻青臉腫，尚在能忍受的範圍內，等他性侵男童的消息傳遍整個監獄後，"好日子"便到頭了。別看這裏關的都是十惡不赦的大壞人，為了替幼童討回公道，一個個全化身為正義之士，而且懲罰的方式頗為一致，那就是"以其人之道還治其人之身"。可想而知，阿道夫成了所有受刑人的洩慾對象，各種工具輪番上陣，手段極其殘忍。

別看阿道夫被虐得死去活来，眼睛卻是雪亮的。

"薩拉西，"他指著吶喊助威者中的大光頭，"綠水鎮陽光小學的老師，你還記得我嗎？當年被你性侵數年，如今我犯下罪行向你致敬，是不是青出於藍而勝於藍？哈……哈哈哈……"

阿道夫笑著笑著，突然慟哭起來，像個受盡委屈的孩子。

那個叫薩拉西的光頭男見苗頭不對，轉身想跑，可惜為時已晚。

隔天，W監獄的獄警向典獄長通報有位受刑人昨晚暴斃了。

典獄長點點頭，繼續翻看色情雜誌……

（258）

許阿明在草叢裏發現一隻被獸夾夾住的狼，由於狼的防衛心很強，他費了好一番功夫才解開。獲救的狼跑開約五十米後才轉頭凝視恩人，似乎在向他道謝。

由於這個意外的插曲，耽誤許阿明上工，他一心急，不慎與一輛汽車"擦肩"而過。

"媽的，遇上碰瓷的。"汽車駕駛員邊拍打方向盤邊懊惱。

憤怒的許阿明把駕駛員從車上拖下來，責問他想怎麼解決？

"兩百元，再多没有。"那人答。

"兩百元？別看我現在人好好的，搞不好這一撞，撞出內傷或腦震盪，兩百元根本不夠。"

討價還價的結果，駕駛員付了五百元才得以脫身。

你沒搞錯，這個訛錢的許阿明和救狼的許阿明是同一人。

艾西瓦婭是個寵子狂魔，為了能與兒子朝夕相處，她甚至剝奪他上學的機會，改為在家自學。

"媽，妳何不把我背在身上？如此一來，即使妳下田耕作或上市集採買，咱倆也不分離。"她的兒子提議。

艾西瓦婭心想這是個好法子，於是背起兒子。這一背就是二十年，當初不到一米的孩子，轉眼已是七尺之軀。

"兒啊！讓媽歇歇，我已經背不動你了。"艾西瓦婭忍不住說，尤其前方是個斷崖，一不小心就會墜入深淵。

"換我背妳吧！"

聽兒子這麼一答，艾西瓦婭幾乎要喜極
而泣，真是沒白疼這個心肝寶貝！

幾天後，有人在斷崖下方發現一對男女
的屍體，男人的腿部肌肉已經萎縮。

（２６０）

柳大春因為一張照片而得獎，但也因此被推上風口浪尖。衛道人士普遍認為他應該先挽救即將墜落懸崖的小牛，而不是急著按快門。

這種言論讓柳大春很不服，懸崖那麼陡峭，要怎麼救？退一萬步講，救上來又如何？還不是進到人們的肚子裏？

顯然公眾沒想那麼多，否則也不會向他發起那麼多的攻訐。

這一晚，柳大春又被網暴到睡不著覺，當他望著窗外出神時，忽然看見一名女子抱著嬰兒站上窗臺，情況非常危急。基於職業病，他伸手去拿相機，就在這時候，他憶起"小牛事件"，趕緊放下相機向外喊："喂！"

女人被這一聲給嚇到，腳一滑，一大一小墜入樓底。

柳大春驚呆了，過了幾秒鐘，他用顫抖的聲音唱起《鐘山春》："喂……巍的鐘山，巍巍的鐘山，龍盤虎踞石頭城，龍盤虎踞石頭城。啊！畫樑上呢喃的乳燕……"

七十年代，劉桂圓曾救了一名溺水的孩子（靖仔），從此命運便將兩人拴在一起。

當時，家家戶戶都窮，劉桂圓上有老，下有小，日子同樣過得苦哈哈，但只要得知靖仔吃不上飯了，她還是會省下口糧給他。

靖仔後來到了娶親的年紀，由於家裏窮，給不起彩禮，交往多年的女友被迫嫁給別人。靖仔一時没想開，割腕自殺了。

劉桂圓聽聞後，立馬衝到他家，也不管人還虛弱著，啪啪啪甩給他好幾個耳光，說：“聽著，你的第二次生命是我給的，想自殺，先問我同不同意。”

如今劉桂圓已是耄耋老人，每當被問起有幾個孩子時，她總回答：“三個。”

她的一兒一女只好尷尬地解釋：“人老了，難免糊塗。”

壁巍和莉亞就讀同一所社區大學，畢業後又同時進入某工業園區工作，部門雖然不一樣，但薪水差不多，她倆所找的對象也同樣是留美的在讀博士，等於兩家的經濟狀況很相當。

幾年後，這兩家同時有了買房的念頭。璧巍和老公看中的是一棟兩層樓的新房子，有五個房間，後院挺寬敞的，唯一的缺點是房屋坐落的地點不太好，龍蛇混雜。

莉亞和老公看中的則是一棟百年小木屋，只有兩個房間，草坪還小得可憐，優點是鄰居多是中產階層，氛圍一片祥和。

某天，這兩人在午休時間相遇，談起搬家後種種，璧巍不無感慨地表示自己後悔死了，三個月內發生兩次入室盜竊，損失加起來起碼八百刀。

"買房買在那個區，難道妳就沒猶豫過？"莉亞問。

璧巍承認的確猶豫過，可是錢就這麼多，要嘛買好區裏的爛房子；要嘛買壞區裏的好房子。但凡錢能多一點兒，她也不會……

莉亞安慰她幾句，終歸趕著上班，兩人匆匆道別。

兩天後，璧巍打來電話，抱怨家裏又遭竊了，同時納悶怎麼小偷不上富人區作案？那裏值錢的東西更多，不是嗎？

莉亞告訴她，當一隻老鼠進入乾淨的廚房，結果必定是被追殺，但如果走進的是雜亂不堪的地方，根本不會引起注意，所以對於老鼠而言，後者才是它的安身立命之所，即使找到的只是玉米粒或者餿食，那也好過刀口上的珍饈美饌。

（263）

1995年，爾玉前往德國留學，住的是校外宿舍。說是宿舍，其實是一棟別墅，總共有八個房間，依大小和採光的不同，收費各異。

某天，德國室友敲她房門，說屋外有一對亞洲臉孔的男女，可能是來找她的。

她下到樓底，發現這是個誤會，他們找的是華芳。

"華芳到楚格峰滑雪了，下週一才會回來。"爾玉答。

那對男女面帶愁容，最後女的開口："華芳說我們可以過來找她，結果她卻不在。我們也是學生，好不容易攢錢出來玩一趟，實在沒有餘錢去住酒店。妳看這樣行嗎？夜深了，應該不會有人使用廚房，我倆就窩在那裏過夜，明天天一亮就走，不會給妳添麻煩。”

爾玉本想拒絕，但這對男女是同胞且看起來不像壞人，加上夜已深，德國的酒店又貴，她的惻隱之心油然而生，同意讓他們進屋來。

隔天，爾玉被室友們罵慘了。她來不及懊惱，因為得趕著去服裝廠打工，就在過馬路時，她又看到昨晚的那對男女。

“嗨！”她向他倆揮手。

沒想到那對男女不約而同地視而不見，並且快步走開。

（注：爾玉見證過他倆落魄的樣子，再次相遇只會帶來尷尬，所以選擇無視。）

（264）

呂嘉澤五歲開始學棋，六歲奪得省級初級賽的冠軍，五年後的今天更是一舉拿下亞洲圍棋錦標賽少兒組的桂冠。

沒想到冠軍盃還沒捂熱，他的父親兼教練便要他打譜及做題。

"報章雜誌都競相報導我是天才兒童。"呂嘉澤冷冷地說。

"所以呢？"他的父親問。

"天才是不需要這麼刻苦的。"

"既然這樣，那麼我放你十天假。在這十天裏，你不能想任何有關下棋的事，十天後我們來對弈。"

父親的答覆讓呂嘉澤很感意外，他原以為這場爭論會以"關小黑屋"收場，像往常一樣。

十天過去後，他和父親坐下來對弈，奇怪的是他的反應變慢了。在棋壇上，呂嘉澤向來以快攻出名，可是現在他根本快不起來，好幾次還差點兒"兵敗如山倒"，最後雖然取得勝利，但贏得很辛苦。

"原來我不是天才兒童。"呂嘉澤很氣餒，"那麼記者和播報員為什麼要這麼稱呼我？"

"也許使用'天才'二字可以概括很多事，報導起來不需要那麼費力。話說回來，這有個好處，那就是封住質疑者的嘴，畢竟天才獲獎乃實至名歸，倘若不是天才卻獲獎，家長或教練就麻煩了，稍不慎會被扣上'虐待兒童'的罪名。"

幾天後，呂嘉澤撥打了報警電話。

在國內出紙書需要送審，牟曉天的書就這麼被打了回票，理由是造成社會不和諧。

"你改改吧！"編輯無奈地對他說。

牟曉天的書有12萬字之多，改起來是個大工程，何況那些"不和諧"被抹去後，整本書已全然變味，倒不如不出版。

他的老婆見他眉頭深鎖，問出了什麼事？他一五一十地全交待了。

"這簡單，聽我的準沒錯。"他的老婆信心滿滿地說。

幾個星期後，編輯部傳來好消息，牟曉天的書過審了，可以著手準備出版。

你若問牟太太出了什麼招數？其實也沒什麼，不過是把故事背景改成美國，書中人物全換上洋名，像是約翰、瑪麗亞、比伯、珍妮……

（266）

没有人比曾石頭更膽小懦弱，連自家的孩子被欺負，他也不敢吭一聲。

"爸，你愛我嗎？"他的兒子淚眼婆娑地問。

"兒啊！爸當然愛你，只是……吵架和打架解決不了問題。"

"即使解決不了，我也希望你能為我講兩句。"

兒子的要求並不過份，但曾石頭依舊跨不過去那個坎。

當曾石頭的老婆帶著孩子離開時，他永遠也忘不了母子倆投來的怨懟眼神。

131

午夜夢迴，曾石頭心想他總不能永遠當縮頭烏龜，於是決定殺狗來練練膽。當他亮起寒光閃閃的菜刀時，家裏的狗還不知道危險在即，依舊對他搖頭擺尾，好不熱情。

"對不起，"曾石頭扔下菜刀，抱起血淋淋的狗，"對不起，對不起，對不起……"

曾石頭後來遁入空門，讓青燈古佛常伴左右。這樣的生活很令他滿意（畢竟没有人會苛責一個出世和尚膽小懦弱），只有一點讓他頗感不安，那就是寺廟附近的狗兒總衝著他叫，聲音好不淒厲。

（267）

說起村裏最熱心且慷慨的人，那非張明莫屬，大家無不讚美他是個"燃燒自己，照亮別人"的活雷鋒。

興許好人有好報，他無意間花兩塊錢買的彩票居然中獎了，獎金能讓他後半輩子都衣食無憂，可是麻煩事也隨之而來，每天都有人上門借錢，包括素昧平生的陌生人。

剛開始，張明還是慷慨解囊，但村民借錢的理由越來越奇葩，連給丈母娘過生日也來求助。張明心想這樣下去可不行，開始嚴格把關，結果惹怒借不到錢的人，傳出去的話一個比一個難聽。張明索性關上大門，從此過起離群索居的生活。

如今說起村裏最冷酷且小氣的人，那非張明莫屬，大家無不指責他是個"自掃門前雪，莫管他人瓦上霜"的自私鬼。

細數一下，現在詆譭他的人和曾經讚美過他的人基本一致。

（268）

好不容易攢下十萬塊的買房錢，突然間少了一萬，茲事體大，寶蓮立刻質問未婚夫偉志。

"我花了。"他答。

"花了？你買了什麼？"

"今年新出的蘋果手機，另外還買了幾件新衣服。"

寶蓮用的是老款手機，很多功能都没有，難得偉志這麼有心，不僅買了手機，還買了新衣服，也不知道理工男的眼光行不行……

"快拿出來，我看長啥樣。"寶蓮興奮地說，同時計劃看過後就拿去退，還是過日子重要，其他都是浮雲。

等知道手機和衣服都不是買給她的，寶蓮氣不打一處來。

偉志趕緊解釋："我弟為了我，放棄升學的機會，很早就出外打工。我永遠也忘不了他參觀我就讀大學時的羨慕模樣。當時我曾暗自發誓，一旦功成名就，一定要拉他一把，眼下這個願望大概是實現不了了，但買個手機讓他在朋友面前有面子總可以吧？！這是我花錢的初衷，很抱歉沒跟妳商量就買了。"

聽完解釋，寶蓮的氣消了一半，但仍有一半在燃燒。說到底，一萬塊錢不是個小數目，那也是她起早貪黑掙來的，憑什麼她得幫著打腫臉充胖子？

寶蓮後來找到偉志的弟弟偉誠，把前因後果都交待了。

偉誠聽完，立即把錢匯給寶蓮。

"對了，你可別告訴你哥，否則我們有的吵了。"寶蓮不忘叮囑。

"知道了。"

為了不讓偉志起疑，寶蓮沒把錢存進“共同賬戶”內，而是給了自己的親妹妹。當年妹妹為了她，同樣放棄升學的機會，到現在還租住在地下室裏，有了這筆錢，起碼能改善她的生活……

基於囊中羞澀的原因，喜歡閱讀的韓雨總愛泡在書店裏，一邊吹冷氣，一邊看書，好不自在。

這一天她又上書店，毫不費力就把上次看到一半的《B杜極短篇故事集》找出來。當她沈浸在故事中時，一對母女的對話吸引了她的注意。

" …… 羅卡對丟垃圾的人說：你們不應該亂丟垃圾，街道是大家的，要共同維護才是。" 母親闔上書，" 故事講完了，寶寶，妳回答媽媽，可不可以亂丟垃圾？"

"不可以。"

"為什麼？"

"因為 ……因為如果大家都亂丟垃圾的話，到處都會很髒，而且很臭。"

"没錯，寶寶真聰明。"

"媽，我想尿尿。"

"忍住，媽媽馬上帶妳去。"

這樣的母女對話無疑是溫馨的，韓雨的嘴角有了笑意。

過了一會兒，韓雨忽然聽到水聲，她轉頭過去，發現那位母親正抱著孩子蹲在角落如廁。

韓雨大為光火，走過去抱怨："妳怎能讓孩子在這裏上廁所？到底有沒有公德心？"

那位母親瞪她一眼後，拉起女兒的手走開。

韓雨感覺自己被欺騙了（方才還誤以為這是一對高素質的母女），立馬追了上去，同時揪著"沒公德心"的話題不放。

〝本來不想說，是妳逼我的。講到公德心，妳在這裏蹭冷氣、蹭書就有公德心了？問過書店老闆和作者沒？他們都不用吃飯，白白為妳辛苦是嗎？〞

韓雨立刻啞口無言。

趁著這個當口，那對母女毫髮未損地離開了。

邱易的怪很不一般，既不是不合群，也不是舉止猥瑣，而是那種"說怪不怪，說不怪又挺怪"的類型。

某天，老師難得點名，邱易没到，不過像從前一樣，他是有理由的。

"老師，邱易覺得今天的陽光不錯，所以決定去曬太陽。"他的室友兼同班同學代傳。

"去哪兒曬太陽了？"老師問。

"男生宿舍頂樓。"

"別曬著曬著就滾到樓底下了。"

聽老師這麼一說，全班鬨堂大笑，可是蔣立森卻笑不出來，因為這也不無可能。

為什麼蔣立森會這麼認為？有一天全班去海水浴場玩，有人惡作劇，企圖活埋躺在沙灘上曬太陽的邱易。正常人的反應是全力逃脫，可是邱易卻絲毫不反抗，這無疑鼓舞了惡作劇的人。

還是蔣立森提醒他們別鬧出人命來，幾個男生才趕緊"挖屍"。

獲救後的邱易卻一點兒也不生氣，反而說："原來被活埋是這種滋味，總算經歷了，謝謝各位！"

此話一出，惡作劇的男生反倒有被"反將一軍"的屈辱感。

當秋風吹起時，一個背著登山包的身影在校園內踽踽獨行。蔣立森喊住那人，問他上哪兒去？

"我去西藏看犛牛，老師若點名，麻煩轉告一聲。"

蔣立森趕緊擋住他的去路，告訴他再這麼缺課下去，他會被開除的。

“我的作業都按時交了，考試也會參加，如果還是被開除，那就開除好了，我不在乎。”邱易答。

蔣立森問他是不是得了什麼不治之症？

邱易笑了，問他為什麼會有這個想法？

“因為……因為你的行為太不正常了，只有生命即將結束才解釋得通。”

“你的意思是只有快死時才能想做什麼就做什麼，否則只能按部就班，是嗎？”

蔣立森想了一下，這的確是他的本意，於是點頭。

“哈！這太不正常了。”說完，邱易頭也不回地走了。

哈桑是游擊隊隊長，群眾對他的評價很高，當他被逮捕的消息傳來，民間一片哀嚎。

總統向來視哈桑為眼中釘，如今終於能除之而後快，恨不得當場處死他。

"總統先生，殺人誅心，請不要錯過這個絕佳的機會。"國務大臣進言。

"說來聽聽。"

於是國務大臣把行刑計劃描述一遍，總統頻頻點頭。

幾天後，民眾聽說哈桑被處以絞刑，紛紛湧入行刑現場，當看到臺上綁著三個人時，頓時傻眼（中間那位是民族英雄哈桑没錯，但左右兩邊綁著的卻是殺人如麻、罄竹難書的大惡人呀！）。

行刑官首先宣佈左邊那位的罪狀，包括姦殺幼女、強迫女性賣淫和參與十幾起滅門血案。

當阿布杜上了絞刑架時，群眾無不額手稱慶。

行刑官接著宣佈右邊那位的罪狀，包括賤賣國有資產、販毒和受賄。

當麥德上絞刑架時，群眾拍手叫好。

行刑官最後宣佈中間那位的罪狀，包括蠱惑民心、非法擁有武器、勾結外國勢力團體……等。

當哈桑上絞刑架時，底下鴉雀無聲。忽然，有個人衝著臺上喊："去死吧！叛國賊。"

哈桑在半空中掙扎了兩分鐘才斷氣，群眾這時才清醒過來，歡聲雷動的聲音久久不散……

當布朗醫生寂寞且失落地走在黃泉道上時，他忽然發現前方有個熟悉的背影，趕緊加快腳步趕上去。

"原來真的是你，沒想到你比我早先一步撒手人寰。"布朗醫生說。

"哎！我開車小心了一輩子，結果被一個不小心開車的人給送上絕路，你說慘不慘？"霍爾醫生答。

交談之下，布朗醫生發現當年的實習醫生已經在全國置業無數，同時擠身名人之列，儼然人生贏家；反觀自己，為了尋寶離開醫界，最後落得血本無歸，活脫脫就是個失敗者，不禁感慨萬千。

霍爾醫生忙安慰他：" 你的足跡遍佈全球，那些經歷像珍珠般可貴，何況最終我們仍是回歸塵土，那些名和利，一樣也没帶走。"

聽霍爾醫生這麼一說，布朗醫生釋懷了，兩人一起步向黃泉道的盡頭⋯⋯

看似霍爾醫生和布朗醫生的結局都一樣，其實還是有所不同，"安慰者"與"被安慰者"的角色已經說明了一切。

古德在情報局工作，自從知道政府做了很多不恥之事後，他決定"大義滅親"，把Ｍ國對他國所做過的骯髒事一一公諸於世。

事情揭發後，一片譁然，Ｍ國政府遭遇開國以來的最大危機。

古德的父親憂心忡忡地在鏡頭前向他喊話："兒啊！別做傷害自己人的事。"

這個"自己人"除了指家人外，還包括Ｍ國人民。

然而古德非但沒有停止揭發，還帶著"情報"投奔Ｍ國的死對頭Ｕ國。

Ｕ國當然竭誠歡迎，不過私底下卻派人監視他的一舉一動。噢！對了，Ｕ國給古德取的代號是"地主家的傻兒子"。

（274）

傳說舜的父親和繼母曾多次想害死他，他們在舜修補穀倉時放火，在他掘井時填土，還好舜都成功逃脫了。雖然心裏委屈，但舜仍認為是自己的錯，更加竭盡心力地侍奉父母。

堯帝聽說舜的孝行後，把兩個女兒（娥皇和女英）嫁給他，並且讓他繼承王位……請問文中所述若發生在21世紀的中國，觸犯了哪些法律？試申論之。

當法律系學生章平看到刑法考試只考了一題（還是相當奇葩的題目）時，亦喜亦憂。喜的是題目不難發揮，憂的是一題定高下，風險值實在太大了。

150

正當他振筆疾書時，賈斯樂已經交卷了，全班發出驚歎聲，因為才剛開考不到五分鐘。

章平後來問賈斯樂都寫了些什麼？

“我寫的是：21世紀的中國已無王位可繼承，案件描述有誤，請重新遞交材料。”他答。

別看尤貴芝只是個掃大街的，在網上她可活躍了，網暴起他人絕不手軟。每當看到被網暴者驚慌無助的樣子，尤貴芝總有揚眉吐氣的快感，忘了現實生活中所有的卑微與不幸。

這幾天，她盯上的是一位抑鬱症患者，當別人苦口婆心地勸他活下去時，尤貴芝反其道而行，要那人趕緊死，世界也能少一個禍害……

"你不認識我，為什麼對我有那麼大的敵意？"那人回覆。

"想死的人還上網求關注，本身就是個騙局。我料準你根本不想死，有本事就

從海盛大樓的樓頂往下跳，我還敬你
是條漢子！"

海盛大樓有35層樓高，是本市最高樓，
可見尤貴芝的心有多歹毒。

說完狠話，尤貴芝匆忙下線，因為休息
時間有限，她還有好幾條街要掃呢！

結束一天的工作後，尤貴芝上麵包店買
打折麵包，她記得兒子最愛吃菠蘿包，
還好最後一個讓她搶到了，不禁沾沾自
喜。

回家路上，尤貴芝看見海盛大樓的樓底
下被拉起黃色警戒線，再聽說有人跳樓
了，頓時血脈僨張（她最愛看血腥場面
，如果再加上有人嚎哭就更完美了）。

好不容易排開群眾擠到最前面，尤貴芝
看到的是一個被鮮血染紅的軀體，仍能
分辨身上的校服。

"不會吧？！竟然跟兒子同校？"她心想
。

等留意到散落一旁的球鞋也與兒子的同
款時，尤貴芝的心跳加速，立即拿出手
機撥打。

“嘟……嘟嘟……”跳樓者的褲兜裏發出聲響。

“不～”尤貴芝嚎哭起來。

（276）

熊穎帶著女兒上街，經過電影院時，女兒指著海報問："這是白雪公主嗎？"

由於政治原因，好萊塢成了非裔演員的天下，沒想到現在連經典的童話故事《白雪公主》也被《黑土公主》所取代。

"是的。"熊穎答。

"為什麼呢？故事書中的白雪公主白白的，這個卻黑黑的。"

熊穎實在不知如何向五歲的女兒解釋成人的複雜世界，只好撒一個白色謊言，說："寶貝兒，白雪公主吃多了巧克力，所以皮膚變得黑黑的。"

從此，熊穎的女兒不再吃巧克力。

（277）

總統下鄉，各大媒體爭相報導，把鄉間小路擠得水洩不通。

"別做秀了！"村民奧恩咆哮著，"連續乾旱，也不見政府撥款，現在卻帶著大批記者出現，這是要告訴全國人民你勤政愛民嗎？別笑死人了！"

電視臺正在做即時轉播，這段"意外的插曲"無疑讓全國人民都看在眼裏。

總統快步走向奧恩，握住他的手，一臉誠懇地說："我無時無刻不在關心你們的處境，這次來就是為了解決問題，請把你們的心聲通通說出來，我洗耳恭聽。"

總統造訪過後，受災村果然得到相應的物資和幫助，解了燃眉之急，不過村長可不好過了，光檢討書就寫了五萬多字，份量之多已經可以出書了。

（278）

草莓聖代在網上擁有五十多萬粉絲，但她的新書銷售卻很不理想。

"回答我，這五十多萬粉絲是不是買來的？"編輯問。

"買來的又怎樣？只要達到目的就算成功。"她答。

"怎能算成功？書已經上架一個多月，銷量還不過百。"

"你不是已經幫我出書了？對我來說，這已經踏出成功的第一步。"

憑著"出書作家"的頭銜，草莓聖代連著上了好幾個座談節目，由於能說會道、

巧舌如簧，最終成為一檔談話性節目的
固定嘉賓，無形中帶動書的銷量。

現在的草莓聖代擁有一百多萬粉絲，即
使有一半是殭屍粉，至少另一半是真的
。

（279）

高級主任的位置已經空了有兩個多月，宋傑藉著中秋節將至的名義，買了一盒月餅上經理家探探口風（怕被誤會動機不純，他特意挑便宜的買），結果人家硬是不肯透露，讓他的心七上八下的。

沒想到節日一過，壞消息便傳來。

"媽的，包了五萬元的紅包，最後落得這個下場。不行，我得把錢要回來。"宋傑氣鼓鼓地想著。

經理一聽說宋傑在月餅盒裏塞了五萬元的購物卡，很淡定地答："既然你提起，我就直說了。你的這種行為叫做行賄，可處五年以下有期徒刑，不過看在你

161

是老員工的份上，沒功勞也有苦勞，經內部祕密商議，決定不予追究，但原定的升遷機會算是沒了。"

知道因自己的魯莽，讓煮熟的鴨子飛走了，宋傑很是懊惱，連五萬元也忘了要回。

等宋傑一離開，經理立刻飛奔回家，希望能比垃圾車早先一步抵達垃圾收集站。

（２８０）

夏姐一見到姚芳便心生歡喜，她最喜歡老實人了，再聽說姚芳是歸國華僑，那就更加完美。

一來二去，兩人漸漸熟稔起來，姚芳會告訴夏姐在國外發生的趣事；夏姐則提醒她初來乍到得凡事小心，尤其提防騙子，她就曾吃過虧，被騙走二十萬元，現在想起來還會心疼……

姚芳不免心生同情，被騙肯定不好受，同時感覺自己實在太幸運了，歸國没多久就遇上好人。

等時機成熟後，夏姐告訴姚芳想在美國置業，鑑於國內的規定，她無法以買房的名義向海外匯款，如果姚芳願意，兩人可以各取所需。

姚芳一想，自己正計劃在國內待上幾年，手裏的人民幣當然越多越好，於是同意換錢，匯率就按中間價，沒有誰佔了誰便宜。

她倆一商議，決定先換小額試試，但由誰先匯呢？

沒等姚芳開口問，她的手機短信傳來提示，自己的賬戶已經多了二十萬元。

這夏姐也太豪爽了！

第一次換錢讓雙方皆滿意，所以當夏姐提議換五百萬元時，姚芳不假思索便答應了。

還是像上次一樣，夏姐先匯五百萬元過來，姚芳再通知身在美國的妹妹把美元匯入夏姐的指定賬戶內。

幾天過後，在機場等候登機的姚芳上網查餘額，發現五百萬元根本沒到賬，原來她收到的手機短信是假的。

"倒霉！遇上同行了。"姚芳嘀咕著。

星期日凌晨起飛的班機不多，預計11個小時後，姚芳能見到西雅圖的月亮。

（281）

為了訓練兒子獨立，良子決定將他送往美國。

在機場，兒子抱著良子的大腿不放，邊哭邊說：“媽媽，我怕，我不想離開妳。”

“蒼介醬，媽媽這麼做是為你好。”良子好聲好氣地解釋。

見兒子仍不願放手，她一狠心，把他交給航空公司的工作人員後，拔腿就跑，背後傳來撕心裂肺的哭喊聲。

三十年過去後，夏目蒼介成了一名商人，常年往返於美日之間，儼然成功人士，然而一起竊盜案件卻掀開了遮羞布。

"為什麼？"良子傷心地問兒子。

"因為⋯⋯因為它讓我有安全感。"

夏目蒼介偷的是某戶人家曬在陽臺上的女性內褲，樣式保守，像是有些年紀的女人會穿的。

由於人贓俱獲，夏目蒼介最終被判拘留五日。當他回到家時，赫然發現客廳桌上擺著一個紙箱，裏面有數十條女性內褲。

他拿出其中一條，把它往鼻前一湊，接著勃然大怒，一腳踢翻紙箱。

"没有味道⋯⋯没有味道⋯⋯没有媽媽的味道。"說完，夏目蒼介哭得像個孩子似的。

（282）

不知從何開始，孫洋把"娶個漂亮老婆"納入人生規劃中，並且加以宣揚。

"光漂亮是没用的，還得有個聰明腦袋才行。"他的朋友反駁。

"聰明腦袋就靠我，老婆只要負責漂亮。"孫洋答。

後來，孫洋真的娶到一位美女，縱使婚後生活不盡理想，他也認了，因為沒有什麼比改善後代的顏質基因來得更為重要……

．．．

我叫孫麗，上文中的孫洋是我的爺爺，如果不是他高瞻遠矚，這輩子我恐怕難以擺脫"大餅臉兼金魚眼"的世代詛咒。不過有利就有弊，現如今，"找個身高一米八的老公"已經納入我的人生規劃中，希望這次可以一步到位，誰讓我那顏質欠佳的爺爺只能娶個有身高缺陷的美女，哎～

（283）

凱洛從兩米寬的大床上醒過來，時間已經接近中午。

"妳吃什麼？"這棟屋子的傭人問。

"不吃，給我黑咖啡吧！"她答。

等了很久，傭人才端來。凱洛喝了一口就放下，她最討厭喝冷掉的咖啡。

快速梳洗一下後，凱洛走出屋子，一時不知何去何從，還好兜裏的錢提醒她可以往高消費的地方去。

等她提著大包小包回來，傭人仍然臭著一張臉。凱洛猜想這個人要嘛來大姨媽，要嘛大姨媽很久沒來，二選一，否則無法解釋為什麼一個下人會如此無禮。

兩個小時後，男人回來了，看見她就像大野狼看到小白兔。等他倆雙雙滾到床上時，有人敲門了，聽著像是什麼暗號。

"快！我老婆回來了，妳躲到窗簾後面。"

聽男人這麼一說，凱洛光著身子躲起來。正當她冷得打哆嗦時，發現隔壁棟的陽臺上站著一個男人，兩人眼神一交會，凱洛立刻秒懂。

"妳……"房間內的夫妻看到裸女出現，同時驚叫出聲。

"我馬上走！"凱洛抽出方才胡亂塞進床墊下的衣服，"這裏的房子長得都一樣，害我走錯地方了。"

離開32號別墅後，凱洛走向34號，人還未到，電動門已經緩緩打開……

14歲的小琴和一個大她兩輪的男人談戀愛，她的母親認為她傻，但自從一棟兩層樓的土房被男人造好後，小琴的母親默許了。

每天，小琴都在土房內等她的男人。在她的眼裏，那個人就是她的一切，同時也是幸福的泉源。

當小琴忙著編織美夢時，她的男人正在趕來的路上，心裏想的是：" 再玩兩個月就不玩了，省得到時候脫不了身。"

（285）

經過十多年的夙夜匪懈，喬宇森終於製造出全球第一枚永生無線芯片。此芯片的特別之處在於能將人腦意識和電腦網絡連接起來，換言之，即使人體死了，意識仍存活在網絡世界裏，就像人還活著一樣⋯⋯

“這麼一枚小小的芯片就能實現另類永生，聽著很神奇，你可曾實驗過？”富豪貝爾問。

“當然實驗過，只是目前的電腦還無法分辨狗語，所以顯示出來的是一堆亂碼。”喬宇森答。

“你的實驗對象竟然是狗？！那可不成，沒有經過人體實驗，我不可能投錢，這太冒險了！”

喬宇森也曾想做人體實驗，但自己既非醫生也非科研人員，只是半路出家的科技愛好者，根本無法服眾，反被當成瘋子給轟出來。無奈之下，他只能拿家犬做實驗，到現在他還忘不了那雙絕望的狗眼。

富豪是個精明人，斷不會因為別人的三言兩語就胡亂投資，這個交易算是失敗了。

沒想到兩個禮拜後，喬宇森又出現在貝爾的辦公室，這次電腦屏幕上真的出現一個亡魂。

“你叫什麼名字？”貝爾坐下來打字。

“顏肖。”

“感覺如何？”

“還行。”

“有沒有什麼話要說？”

“請轉告喬宇森，我只答應做一天的實驗，千萬別把我的身體給怎麼了。”

貝爾轉頭看著喬宇森，後者聳聳肩，答：“死後復生……我還沒研發出來。”

盧小弟在3分鐘之內吃下12個大熱狗，立即衝上本地新聞的頭條，要知道，世界記錄也不過15個。

這個亮眼的成績直接把盧小弟送上全國吃熱狗大賽，雖然年紀最小，但以他的實力，摘冠的呼聲很高。

可惜事與願違，盧小弟最後得了個倒數第一。

"你知不知道這個比賽是比誰吃得快又多？"記者問他。

"知道。"

"那你……"

"在我們村裏沒熱狗這個東西，所以我決定好好享受美食。"

當記者告訴他全國性的比賽會獎勵第一名兩大箱的熱狗和現金5000元時，盧小弟衝著獲勝者喊："你騙我！"

（287）

有人發現人跡罕至的樹林裏住著一位老婦，房屋雖簡陋，但雞鴨成群，附近還有一畝綠油油的菜田。

村幹部拜訪時，老婦躲著不肯見人，還是好話說盡後，她才開門。

“妳叫什麼名字？”村幹部問。

“蔡招弟。”

“妳在這兒住多久了？”

“記不清了。”

“老家哪裏？”

“捕下村。”

“為什麼不回去？”

「我去找我二姨，路上迷路了，所以……」

「妳可以問路呀！」

蔡招弟沈默了，從小她就害羞，看見生人總要躲藏起來，怎麼可能主動尋求幫助？

見老婦悶不吭聲，村幹部又問：「這房、雞鴨、菜田等，可是妳一個人完成的？」

蔡招弟點頭。

村幹部認為眼前的這名婦女肯定有事瞞著，這麼能幹的人，怎麼可能找不到路回家？

蔡招弟後來被送回捕下村，可是她的老公完全沒有喜悅之情，反而斬釘截鐵地說：「這不是蔡招弟。」

村幹部沒辦法，只好又把蔡招弟送回到原來的地方，只是偶爾會去探望一下，送點兒物資給她，盡盡幹部的職責。

午夜夢迴，蔡招弟偶爾也會懷疑為什麼丈夫會認不出自己？還有，村裏的寡婦阿婉是什麼時候搬進家裏的？

懷疑歸懷疑，蔡招弟對這個結果倒也安然自若，能擺脫煩人的人際關係，她求之不得。

根據蔡招弟的說法，很久以前她迷路了，但現在一琢磨，好像也不盡然。

（２８８）

吳仲磊將電動車停妥，一位路人走過來，問他有沒有零錢？

"你想換錢？"吳仲磊問。

"不是。我的錢包掉了，回不了家。"

吳仲磊心想坐一趟公交車兩塊錢，於是拿出錢包尋找銅板。

"我家很遠，坐出租車方便些。"那人補上一句。

結果吳仲磊連兩塊錢也不給。

（289）

文雄平常的愛好是看"真人秀"，這是比較體面的說法，其實就是看被偷拍的小黃片，但凡新貨到，他馬上點擊進去。

這一天，當他看得熱血沸騰時，突然感覺不對勁，這拍的可是他女友？

琢磨再三，他還是撥通女友的電話，問她最近有沒有入住酒店？

"上個月出差兩天，事情一忙就忘了告訴你，為什麼問這個？"

"沒事，就是問問。"

掛斷電話後，文雄陷入兩難，事情若鬧開，女友會怎麼看自己？但悶不吭聲也不對。

思來想去，文雄決定提分手。

"為什麼？我們好好的，為何要分手？"他的女友神色緊張地問。

"還問為什麼？妳竟然跑去拍小黃片，還好朋友告訴我，否則我還被矇在鼓裏。"

女友要證據，他便給她看。看完後，女友指天發誓這是偷拍的，她完全不知情。

於是文雄陪著女友去報案。

〔290〕

自從在公司年會上遇見會計部的趙小帆，侯君山幾乎天天都能"偶遇"她，連休假日也不例外。

"真巧，你也來超市購物。"趙小帆說。

侯君山笑了笑，沒說什麼。哪知趙小帆悄咪咪地跟過來，他買西瓜，她挑橙子；他買虎頭蝦，她秤魚頭；他買衛生紙，她拿濕紙巾……然後兩人"很有默契"地一起去結賬。

"待會兒你怎麼回去？"趙小帆問。

"我開車過來的。"

"真好，不像我還得擠公交車。"

再怎麼冷血，侯君山也無法看著同事如此狼狽地回家。出於禮貌，他提出載她一程。

這個善舉得到很大的反響，在車上，趙小帆不停地誇他，彷彿全世界的光環全在他身上。

“再見，路上小心點兒哦！”下車後的趙小帆邊揮手邊熱情洋溢地說。

“溫馨接送情”之後，趙小帆好像更加甩不掉，停車場有她，茶水間有她，食堂裏有她，連上個廁所或抽根煙都能遇上她，簡直見鬼了！

這一天，趙小帆拿著兩張電影票，說是朋友送的，邀請侯君山一起去看首映場。

“我不喜歡看功夫片，還有，我結婚了，妻子在老家，孩子已經兩歲多，只是我一直沒對外公佈。”侯君山撒了個謊。

說也奇怪，從此侯君山再也沒碰見趙小帆，哪怕兩個部門後來都調到了同一樓層。

一年後，侯君山收到喜帖，會計部的趙小帆和銷售部的白騰浩喜結連理，這兩個部門中間隔著19層樓。

一年後，侯君山收到喜帖，會計部的趙小帆和銷售部的白騰浩喜結連理，這兩個部門中間隔著19層樓。

（291）

選舉結果公佈，安東植成為K國的第29屆元首。他高舉雙手，接受支持者的歡呼和掌聲，就在這時，"碰"的一聲，子彈擊中安東植的印堂，人還沒送到醫院便斷了氣，這大概是史上任期最短的總統。

葬禮上，安東植的老婆哭得梨花帶雨，讓人誤以為她的生活從此陷入困境。其實不然，除了"總統遺孀"的稱號外，她還能得到每年三億元的撫卹金。

從推理的角度看，安太太教唆殺人的嫌疑最大，但K國人民完全沒往壞裏想，即使已經供養了28個未亡人。

（292）

安娜遠赴北國電視臺參加通靈大賽，第一關是猜哪位觀眾的兜裏有一枚雞蛋。

當來自波蘭的參賽者鎩羽而歸時，緊接著上場的是安娜。她在觀眾席前走過來又走過去，看過來又看過去，最終鎖定三個人，但到底是其中哪一位呢？

她閉眼冥思，再睜眼時，她迅速指向右手邊穿黃夾克的男人，說：＂就是他！＂

觀眾無不發出讚歎聲，$1/50$的機率也能猜中，可見真有兩把刷子。

又經過十幾輪的淘汰賽後，最後全球通靈大賽的桂冠落在安娜的頭上。

如今的安娜已經開了好幾家女巫店，別
看賣的都是一些奇奇怪怪的東西，獲利
空間卻很大。噢！對了，如果你想邀請
安娜上門服務，請聯繫伊萬諾夫先生，
他是前《通靈大賽》的節目製作人，現
在則是安娜的專屬經紀人。

（293）

於連續15期無人中獎，彩票獎金已經累積到兩億五千萬英鎊。

得知消息的高中生Benson立馬跨上自行車，往鎮上飛奔而去。

"Benson，你去哪兒？"Duke高喊著。

"買彩票，還有二十分鐘就截止了。"

"幫我買一張，回頭我給你錢。"

"好。"

到了彩票店，Benson快速選好自己的幸運號碼，Duke的那張則用機選。

晚飯過後，Benson守在電視機前看彩票開獎，當最後一個號碼球滾出來時，他終於死心。

"倒霉！連個安慰獎也沒有。"Benson唉聲嘆氣，"等等，Duke的那張還沒兌呢！"

查看過後，他目瞪口呆，好傢伙！機選的竟然中了。

輾轉反側了一整夜，Benson還是決定告訴自己的母親。

"Duke付彩票錢了嗎？"他的母親問。

"還沒。"

"那有什麼好煩惱的？既然沒付，彩票就是你的，獎金當然也屬於你。"

兩個小時後，Duke打來電話，問彩票中了沒？

"沒有。"Benson答。

"我待會兒給你錢哈！"

"不用了。"

"還是得給。"

"真的不用，你給我也不收。"

正是這個回答，讓Duke起了疑心，再聽說中頭彩的彩票行就在他們所住的區域內，Duke的懷疑更加重了，他決定問個明白。

Benson聽完Duke的來意後倒沒閃躲，淡定地把他母親說過的話原原本本地復述一遍。

"當初你答應讓我晚點兒付，所以彩票是我的，獎金當然也屬於我。"Duke答。

兩個人為了此事爭得面紅耳赤，沒多久，雙方家庭也加入口水戰。

"等等，未成年人可以買彩票嗎？"有人忽然問起。

這個疑問像顆原子彈，瞬間將兩個家庭炸平。

就在"煮熟的鴨子飛走了"的感嘆聲中，有人提到Benson是未成年人，但Duke已滿18歲，如果Benson承認這張彩票是幫Duke買的，法律上完全站得住腳。

於是當下Duke給Benson 2.5英鎊，並且立字為証（獎金五五分），然後兩家人高高興興地聯繫彩票中心……

丁皓是油畫村裏的畫工，大家都管他叫丁梵高，因為他只複製梵高的作品，一天能畫上五、六幅。

油畫村裏還有張高更、何塞尚、鄭米勒……等，光聽名字就知道他們主攻誰的畫作。說白了，這群人就像工廠裏的工人，一人負責一樣，久而久之，即使閉著眼睛也能畫，不管色彩、神韻還是筆觸，都模仿得唯妙唯肖。

然而模仿得再好，終歸是仿品，何況他們還是產業鏈上的最底層，拿的是最低工資，無怪乎油畫村裏的畫工們常感慨為人作嫁。

這一天，有個國外電視臺來油畫村做採訪，丁皓忍不住對著鏡頭發起牢騷，於是記者臨時加入採訪路人的橋段，果然路人皆無法判斷真偽。這個結果大大激勵了丁皓，而更令人振奮的是有位荷蘭富豪在看過節目後表示願意資助丁皓創作，一年二十萬歐元，代價是這一年內的所有原創作品全歸富豪。

要知道，丁皓複製一幅畫只能拿60元，如今一年就能賺進150萬元，這差的可不是一星半點，他當然立即答應下來。

没想到一年後，丁皓又重回油畫村。當別人問起他的"創作之路"時，他總三緘其口。

有好事者轉問丁皓的老婆，想從她的嘴裏挖出真相。

"我也不清楚，以前他拿起筆就能畫，可是過去一年裏，他總是面對畫布發呆。"丁太太答。

日本是老年化國家，"孤獨死"已經成為一種社會現象，於是新型行業（老年公寓清潔隊）應運而生，"打包帶走"的除了屋內雜物外，還包括屋主本人。

由於工作內容的特殊性，公司營利的方式也有別於一般，除了政府補貼外，還向死者家屬收費。萬一聯繫不上家屬或家屬不願付費，那就拍賣死者的財產來抵支出，所以當公司發現麻生一雄竟然"順手牽羊"時，怒不可遏，因為這屬於職務侵佔，比普通盜竊罪來得嚴重許多。

鑑於麻生一雄是聾啞人士，警方特別請手語老師協助辦案。

“他說錄像帶已經全數銷毀，如果侵犯到公司利益，他願意賠償。”手語老師說。

警察要手語老師轉告，銷毀錄像帶不止侵佔公司財物，還侵犯到死者的權利。

一番比手劃腳後，手語老師又翻譯：“麻生先生小時候曾被死者拍下不雅錄像，這成了他揮之不去的夢魘，簡直生不如死。”

此話一出，在場者皆沈默下來。

考慮到錄像帶本身是淫穢物品，加上麻生一雄是受害者，警察告誡幾句便放行，不立案，而公司經理在請示過後也表示不追究。

回到出租屋，麻生一雄把藏在床底下的紙箱拉出來，裏面全是迪士尼出品的卡通錄像帶，上面有華特·迪士尼的簽名。收藏家認為這些錄像帶極其珍貴，目前的交易市場已是奇貨可居的狀態……

（296）

自從老伴去世後，梁老先生的孤獨感與日俱增，想找個人作伴的念頭也就更加強烈。

別誤會，梁老先生没有續絃的想法（他老了，没精力處理因二婚所帶來的種種問題），而是打算將空置的房間出租出去，讓家裏多些人氣。

由於租金便宜，梁老先生著實接到許多詢問電話，當得知每天得陪屋主聊天30分鐘以上時，嚇退了不少人，不過還是有對情侶接受了這個奇怪的規定，簽完合同後，立馬搬了進去。

這對情侶除了第一天很"平靜"地完成任務外，接下來的每一天皆"不平靜"，原因在於他倆沒有一天不吵架，同一個屋簷下的梁老先生成了調解人（顯然雙方對"聊天"的定義有所不同）。

忍耐了一段時間後，梁老先生還是下了逐客令。由於提前解約，賠了一些錢才送走瘟神。

日子看似又回到原點，其實不然，現在梁老先生變聰明了，聽！門鈴又響了……

" 你的外賣送到。" 外賣員說。

" 我沒叫外賣。" 梁老先生答。

" 沒叫外賣？難道送錯了？" 外賣員查看地址，" 沒錯呀！是**1208**。"

" 噢！想起來了，我的確叫過外賣。不好意思，人老了，腦筋不好使。"

外賣員沒說什麼，把外賣交給梁老先生，可是他卻不接，反而問：" 有沒有附餐具？"

外賣員又查看了一下，然後給予否定的答案。

" 那可不成，家裏連雙筷子也沒有。"

“這不是我的問題，你自己聯繫商家。”

“我的手機沒電了，你幫我聯繫。”

“老先生，我趕著送餐哪！”

“就一會兒工夫，好人有好報。”

……

就在大門一開一關中，梁老先生的日子過得挺熱鬧的，除了每月的伙食費多了點兒外，沒啥毛病。

（297）

如果不是午休時間聽到同事討論他老婆的身材，回家後又看到杏枝抱著一包薯片咔滋咔滋地咬，昭越不會怒火中燒，並且一發不可收拾。

"我不吃就是了，你消消氣。"說完，杏枝站起身來，衣服上的餅屑隨之掉落，像下了一場小雨。

"每次都說不吃，結果吃的比誰都多，也不看看自己的身材，妳不嫌丟人，我他媽的丟臉死了！"

"你……你怎能這麼說話？"

"我難道說錯了？妳身上的肉切一切，足夠餵飽整個非洲國家的饑民。還有，

豬八戒與妳相比都成了瘦子，也不想想
……”

沒料到逞一時口舌之快，換來的是妻子
的不告而別，這一走就是五年，直到……

“妳……妳是杏枝？”昭越不敢相信地問
。

“是的，我來是為了跟你辦理離婚。”

昭越原本還心存幻想，以為杏枝會偷偷
躲起來減肥，沒想到肥沒減成，反而比
以前更胖，但現在昭越管不了那麼多了
，沒有杏枝，他像失根的浮萍。

“對不起，以前我太幼稚了，說了很多
傷害妳的話。回來吧！我發誓會好好待
妳，不再理會別人的閒言碎語。”昭越
掏心掏肺地說。

杏枝果然還是那個最善良、最溫柔、最
懂得體貼人的女人，她給了丈夫第二次
機會。

這一天，昭越帶著兩百斤重的老婆上街
，與以往相比，人們似乎對他更感興趣
。

“看！那個男人竟然戴著紅色小丑鼻。”
路人紛紛交頭接耳。

別人看到的是怪叔叔所做的怪異行徑，
而杏枝看到的卻是一個男人的悔悟與深
情。

（298）

剛找到工作那會兒，小美心想自己肯定不能再像學生時代一樣經常陪伴家裏的二哈，所以買了一個玩具球給它，當她不在家時，二哈至少有個玩具可玩，可是没多久卻發生一件不可思議的事—玩具球竟然不翼而飛。

小美把家翻個底朝天，依然找不到，看二哈傷心地發出"嗚嗚嗚……"的聲音，小美只好上網又買了一個新的給它。然而新球到家没幾天又不見了，她只好重購，如此反覆，小美索性買上一大箱，就等著失竊事件再度發生。

週末，當小美正睡懶覺時，二哈在她床邊來回走動，時不時發出"嗚嗚嗚……"的聲音。

“是不是球又不見了？”小美睜開惺忪的睡眼，“怎麼老不見？”

此時樓下傳來一陣咆哮：“哪個殺千刀的？我家不需要玩具球，再扔我就打斷你的狗腿！”

小美的睡神瞬間跑得無影無蹤。

（299）

從小到大，很多事都已遺忘，但有件事黃義華卻始終記得，那就是"人老的時候會像個孩子一樣"。

最初的記憶是爺爺在客廳裏撒尿，他問母親為什麼？

"爺爺老了，人老的時候會像個孩子一樣。"母親答。

對照自己的表弟，蹣跚學步的他的確會亂撒尿，黃義華很快就接受這個答案。

後來，母親時不時還提起七大爺八大媽的種種退化行為，最後皆歸於歲數大，所以"人老的時候會像個孩子一樣"便牢牢烙在黃義華的腦海裏。

這一天，在外打工的黃義華趁著黃金週回一趟老家。一進門，有人從門後跳出來。

"哇！"母親張牙舞爪的，隨即噗嗤一笑，"嚇到了沒？"

好半天，黃義華才回過神來。

"沒有。"他弱弱地答，然後走進廚房，把買來的東西一一放入冰箱。

母親跟了過來，問他買了什麼？

"百香果和西梅，妳不挺喜歡吃的？"黃義華答。

兩人後來在客廳坐下，交談一會兒後，母親才想起來要給兒子端杯喝的。一打開冰箱，她驚奇地喊道："冰箱裏怎麼會有百香果和西梅？太奇怪了！我不記得買過。"

母親的"老小孩"表現及健忘症狀讓黃義華感慨萬千，假期結束後，他毫不猶豫便向公司遞交辭職信。

一聽說兒子要回老家發展，黃媽媽喜不自勝，把家裏打掃得一塵不染，又買了張新床墊（原來的太軟了，怕兒子睡久了不舒服）。

床墊送到後，送貨員要求她支付60元的
上樓費，因為她家是樓梯房，得額外付
費。

"10月15日下午3點多，我曾跟商家談過
，商家說包運費的意思是送到一樓，送
上去要多收費，一層多加5元，如果是
樓梯房加倍。我家在六樓，5*（6-1）
=25，加倍便是50，不是你說的60，別
以為我人老了好糊弄！"黃媽媽答。

（３００）

崔喜的男友布萊恩是個老美，兩人正處於蜜月期，恨不得天天膩在一起，但最近攤上了一件麻煩事，每晚九點總有個電燈泡不請自來。

“科林為什麼每天晚上都來找你？”崔喜問男友。

“他的二房東把房間便宜租給他，條件是日常生活得以美語交談，同時糾正發音和語法。科林為了避開‘教學’，所以待在我這裏，直至二房東上床睡覺為止。”

崔喜一想，科林是避開了教學，卻影響到她和男友，這哪成？

思來想去，崔喜決定“自救”。

隔天，當科林又上門時，崔喜問他能不能幫著校對她的英文論文？

「妳怎麼不讓布萊恩挑錯？」

「也對，我讓他挑錯。」

當崔喜和男友忙著正經事時，科林在屋內坐立難安，既找不到說話的人，看電視和打遊戲還得將音量調到最低，多沒趣！

沒想到接下來的幾天，天天如此。

科林忍不住問崔喜：「妳的論文到底寫了多少字？怎麼還沒校對完？」

崔喜告訴他，她的論文早交了，現在忙的是別人的論文，一份三千元，對收入不豐的布萊恩來說，不無小補。

終於，科林不再上門，讓小倆口鬆了一口氣。

誰能想到幾週後的某個夜裏，久未聞的敲門聲又響起，布萊恩走過去開門。

「科林天天上我家，我借你家躲一躲哈！」亞當說。

作者介紹

在異國的背景下加入纏綿悱惻的愛情故事是B杜小說的一大特點，她的文筆清新、筆觸詼諧、畫面感很強，讀完小說有種看完一部愛情偶像劇的感覺，特別適合懷春少女及對愛情有憧憬的女性閱讀。

另外，B杜還創作了系列小說（馬力歷險記、極短篇故事集、巫覡咖啡館等），歡迎關注。

ALSO BY B杜

《B杜极短篇故事集 (201～300)》 （简体字版） A Word to the Wise (Tales 201～300 in simplified Chinese characters)

* * *

《東瀛之愛》 Love in Japan

《法蘭西情人》 Love in France

《英倫玫瑰》 Love in England

《愛在暹羅》 Love in Thailand

《情定布拉格》 Love in Prague

《獅城情緣》Love in Singapore

《愛上比佛利》Love in Beverly Hills

《新西蘭之戀》Love in New Zealand

《夢回楓葉國》Love in Canada

《早安，歐巴》Love in Korea

《迪拜公主的秘密情人》Love in Dubai

《我在蘇黎世等風也等你》Love in Switzerland

《巫覡咖啡館之梧桐路篇》The Witch & Warlock Café on Wutong Road

《馬力歷險記 1 之地球軸心》The Adventures of Ma Li (1) : The Time Axis

《馬力歷險記 2 之黃金國》The Adventures of Ma Li (2) : Eldorado

《馬力歷險記 3 之可可島寶藏》The Adventures of Ma Li (3) : The Treasure of Cocos Island

《B杜極短篇故事集（1～100)》A Word to the Wise (Tales 1～100)

《B杜極短篇故事集（101～200)》A Word to the Wise (Tales 101～200)

《B杜極短篇故事集（301～400)》A Word to the Wise (Tales 301～400)